貓蕨漫生掌紋

李筱涵

你無法抵抗命運降臨，
只能任自己長成一株如貓的絨毛蕨草
時動時靜，柔軟中懷有堅韌，
在腐植富裕的人間土壤，緩慢生長。

推薦序

命運非關注定——《貓蕨漫生掌紋》讀後

——散文作家　廖玉蕙

自稱一直「在世故與羞澀間徘徊，寫與不寫間游移」的筱涵，也許正如她自己所觀察到的，寫作是從讀字的時刻抽離觀看，「無端在意起周遭的空間。角落的陰影擴張成巢居罩住一個人，它就變成一則故事的開端。」屬於她的魔幻時刻就是這樣開啟的嗎？一字一句，緩慢生長，如藤蔓……。身為她的老師，從大一開始，一路看著她緩步慢移，在學術和創作間優雅顧盼、迴身，然後完成。這本《貓蕨漫生掌紋》的出版和她每一回的學術進程叩關成功，都讓我感到無比的快慰。

本書的結構很有意思，第一輯從〈膠卷〉開篇，記憶裡蛛網交錯的家庭脈絡一點一點顯影。裡頭所涵納，大至南洋華人的歷史場景，小到台灣老公寓裡窩藏的緬甸佛堂；焦點鎖定為女性量身打造的牢籠及性別剝削、甚至長輩瑣碎的情緒勒索；另有對老家仰光的追尋，從吃食、氣味、直到現場踏查吉隆坡、檳城的聯想。所有的人性枷鎖，都寄望在〈膠卷〉中意在言外的一句：「迎接一個不再需要膠卷的時代。」

第二輯〈人間土壤〉看似以動植物為書寫對象，其實藉物抒情、說理，談人生的所有涵養沃土。譬如：寫樹洞常承受人們現實無法言宣的祕密，看似穩定的存在，實則樹有洞，必然表示某處已被蛀成空心。祕密的話語仰賴樹的創傷去承載。每多承擔一次重量，創口邊緣的皮屑就多剝落一層：「這是個看似以傷養傷的過程，但無法再生的空心，卻穿透眾人的慾望。」意在言外的指涉，頗引人深思；又譬如：〈蛙與芭蕉〉裡以為大家都愛圓滿，芭蕉卻獨愛破碎。可是易碎才直指人生現實的核心。這樣的觀察、比喻，既精準且新鮮；而更有意思的是結論：「你往前追，遠端的地平線永遠在後退，會跨過你的，永遠只有日光。踩過你的，永遠只有歲月。」整輯裡的文字，類似的豐盈意象，比比皆是，讓人目不暇給。

第三輯〈緩慢生長〉終於點題。由〈貓〉而〈過貓〉到〈掌〉，提到自己愛貓的緣由。她覺得和貓相處有讓人舒適的空間感，且接近與遠離都仰賴自由，有足夠的空白讓生命透過適宜的疏離，好好被時間梳理：「太密集的愛讓人卻步，貓步的遲緩卻給我餘裕。」她追求的不多，只是像過貓一樣有一點「葉片之間舒展無礙的距離」即可。點題之後，她續談穿鞋與智齒與不合適愛情的類比；老去卻存活於缸內的魚兒屢次躍出於缸外，莫非猶如老病人類之尋求解脫？……在在都有屬於自己相當獨特的視角。

文章從追溯先人到直視當下，詩意盎然，引人低迴。除了祖母、外婆及父母……等直系血親外，早逝的大伯身影隱隱綽綽穿梭文中，是非常溫暖的存在；而最令人動容的，莫過於勇奪林榮三文學獎散文首獎的〈童仔仙〉。描寫家有罕病兒的徒勞掙扎與無盡的煎熬。筱涵六歲成為一位特殊兒童的姊姊，出生的妹妹注定體毛繁茂、智力停滯、語素缺席，與眾不同。自幼及長，悠悠歲月，作者與母親四處尋醫問卜，但問天、天不語，求醫、醫束手。寫父親的難以接受；母親不時的追溯、不停地自責；身為姊姊的，雖百般護衛，但一回妹妹失足落水，筱涵卻驚覺自己竟萌生片刻慶幸的念頭，其後常為那一時的暗黑心驚。文章中誠懇道出內心幽微的愛、憾矛盾；人生的酷烈、人性的試煉盡在其中，可以和前一篇的〈女兒結〉相互參看，更了然人生（尤其是女性）的困境。這也許是筱涵將書名題為《貓蕨漫生掌紋》的用心所在——命運非關注定，或仍有人類可施展掌控處，藉由心念和行動，或能在掌紋中漫生出貓蕨般適度的獨立自主空間。

推薦序

對視「命運」：讀《貓蕨漫生掌紋》

——臺北藝術大學戲劇系專任講師　童偉格

很久以前，當馬克思・韋伯用「除魅」一詞，描述現代化與世俗化社會的基本狀態時，他大概並未預期，一個更愈加速的世界，將會促使記憶重新「復魅」。那並不因為我們心智退轉，而僅是因為時間快速奔流，無數事景就地拋遠、無可重歷，於是「重新觀看」這種素樸行為本身，竟總使我們像要望進不可能的魔魅那樣，心生一種近於鄉愁的情感。

這種情感，李筱涵以〈膠卷〉篇章來抒明：往昔的底片攝影年代，「一卷底片的張數教會我，物質其實很有限」；因為意識到記憶載體有其限度，所以人總是慎謹面對自己將取之景，也鄭重地，走入將由他人提記的場景裡。因為是這般在今日看來，竟已顯得不合時宜的慎重，所以，「記憶」自身，在多年以後，總為我們，寄存了一種超越記憶景窗所限的廣袤奇異。

由〈膠卷〉起始，《貓蕨漫生掌紋》一書嘗試追探的，也許正是這種奇異的廣袤：以一部散文集，李筱涵涓滴聚成許多個人記憶格窗裡的此曾在，而所有這些此曾在，毋寧更是為了從格窗外，指認那一切促成「我」之為「我」的昔往作用力。這種作用力，李筱涵指稱為「命運」。這一指稱之古典，一如「我」之記憶念想的必然時地不宜——它既是凡人皆「無法抵抗」的，亦是個人隱惻隨身的最親熟指南。如我們自備的「掌紋」。

解讀「掌紋」：解讀昔往龐然事景，如何只在它們將要即臨「我」、隱沒於「我」之周遭前，在最近一刻，對「我」現形為「我」童年唯能親驗的。像神祕的眨眼。像「命運」自身，已是一種重複近掠「我」的快門。於是，諸如本書中重複再現的烘爐地，華新街，緬甸或廣義的「南方」，凡此種種，皆牽引「我」重新出發，習練自己，為反向掠影、果敢對視「命運」之人。

這是說，一方面也許必然，如李筱涵所言，「所有啟蒙都從反抗開始」（〈女兒結〉）：這位由時間下游重新逆溯之人，必將以個人視角，重新辨識往昔親者的「迷信」，解構他們的神祇；明瞭如何，「從上個世代以來，他們是從風吹草動便驚擾軍法的肅殺氛圍底下，逐漸長成過於小心服從到他律甚嚴的大人」（〈繁花〉）。明瞭「命運」賦予他們的格限，抗逆這種格限，從而自我成長。然而，另一方面，本書所描摹的，更是在「啟蒙」之後，「我」對這般所謂「格限」的更寬闊認納。

只因亦正是他們啟迪「我」，使得終究，在「無法相信任何神的時候，我只選擇善良」(〈掌〉)。像記憶裡的他們之中，猶有無法由「我」解構的神祇。也像所有的啟蒙，都在重新認納了「我」亦必有其格限之時，才能真確地完成。從此，一個人得以「有絕對的自由去選擇，去蝸居在最好的地方」(〈咖啡圖書館〉)。

而這，正是《貓蕨漫生掌紋》，對一種奇異「命運」的溫煦寄存。

自序　浮光錯影

每日陽光散成我們各自的來時路。

命運在各種界與界的交會處，牽引著不同的我們。

寫，還是不寫呢？

哈姆雷特式的探問來自內心深沉的自我懷疑，我曾以為在寫作這條路上，自己是不能的。寫作需要調度內在極大的情感記憶，這個舉動對敏感的我而言，潛藏未知風險；重遊創傷經驗，時而墜入悲傷，時而卻能重生。經驗過於切身灼痛，需要足夠的時間來沉澱，等待此起彼落的記憶傷痕紛紛褪去。要等到能以文字細數記憶的時刻，才曉得療癒原來可能。

我總暗自欽羨那些義無反顧、愛恨分明，而勇於赤膽前行的散文創作者，懊惱於過度謹慎膽怯的自己，長年裹足不前。悔之社長向我邀稿的時候，我只是一個仰賴採訪維生的文字打工仔。訪完李昂談新書《睡美男》的餐會上，紅酒杯內光暈交錯聚散，令人眩目，懷著踩在雲端的浮動與恍然，應允邀約。我的書寫之路，才真正開啟。想像自己第一本書，如此微不足道的我，說不定那些我曾感受過的扭曲視線，與他人一般如常，且索然無味。這樣的我與文，會有讀者嗎？成書前，那些深夜敲鍵盤的日子，無一時刻不自我懷疑。

當然第一本書不免還是先得對自己有意義。

放任書寫行經的狀態，我從思維中裂解成複數「我」；故事聲音持續前進，「我」卻從事主退位到旁觀者。記憶時間斷裂成許多切片，「我」與過去不同階段的我不斷對話著。以自己所能想到的語言和方式去逼近那些過往時空的記憶碎片，以虛擬的身軀感受過去歷經的真實感受，以詮釋聲音覆寫過去；在不斷自我反照的歷程裡形塑「我」的語調和樣貌。在語感的旋律召喚中，我強烈意識到這不僅是經驗的再現，也可能是取巧詭辯；私我為緩解某些情緒傷痛而為他人賦形，語言遂成為「我」的延伸介質，其實也是另一個我的樣貌。而我最終都接受他們如實存在。

身為文學研究者和創作者，我很清楚自己深受文學抽象特質吸引，這常與通俗易讀形成兩套美學價值觀而產生衝突。並非特意營造過於纏繞的敘述拒絕人群；而是我認為，創作者應坦誠面對自己現階段的書寫腔調。節制與隱微話語的背後，欲包藏那個沒有安全感的我。個性使然，這樣難以定義的雜揉風格，是我現在對於我的文學所能做到的最好實踐；無論在他人眼裡評價如何，我都盡量對自己和文學做最好的交代。既然寫不成別人，那就坦然接受自己的語言，任它自由生長；以書做為成長紀錄，體認文學對於我的意義。

命運可能凶險，但它終究良善。它始終為我帶來許多跨足不同領域和生活經驗的可愛朋友，他們讓我相信，這些被記下的記憶都有存在的意義。人際交流之於大都會時代，關係或許轉瞬即逝，然而在合則留不合則離的默契裡，仍時不時給予我許多歡樂與驚奇。友人的笑語漫談如風鈴聲響，多好的人生，雖然我們都抓不住時間，但卻在青春正盛的時刻分享了彼此。我不禁想著，不斷與他人交錯的人生，是否也可能成為別人生命記憶裡的流光負片？又或者，有些畫面已無意間被我偷偷藏進記憶的皺褶，一格也未曾溜走。

交換使人豐盈，我們自以為不足為外人道的一切經驗，原來在他人眼裡都變成一種收穫。

這樣的體悟來自於林榮三得獎散文見報後幾日，我陸續收到友人與陌生讀者來訊，有來自特教老師、罕病兒母親，以及社工親人的回饋；我意識到，透過書寫，個體生命史不僅體現於自己，更在於透顯一種共同經驗的共感可能。而療癒，就可能從自身擴及到共同命運的他者，這或許是我走向書寫能為自己和他人做出一些微小的生命實踐的時刻。

通過文字與故事，我們對話，理解和紓解。

從中獲得力量，然後懷抱勇氣，繼續迎向我們命運倖存者的日常練習。

目次

輯一

女兒結

膠卷

我讀著上海作家的長篇小說，整個下午，讓我印象最深刻的，是那個性格極端偏執的攝影藝術家。放任直覺闖入別人日常捕捉鏡頭的魯莽與粗糙感，在小說裡弔詭地成為某種才華證明。而那系列任意組成、意識狂暴的畫面，隨時都在藝術家憤怒的片刻毀於一旦；那些曝曬在豔陽下，曾被苦心經營的膠卷，像被報廢的才華，卻也是印證平庸的殘酷印記。

才華，是太浮華以致令人費解的虛榮。很多人為了證明他擁有才華，不惜耗費大量生命投注，到頭來只顯得人生像一場華麗虛無的荒謬劇，令人齒間發酸卻很難笑出聲。而再難堪，生活都得過下去。

照片與膠卷，在小說裡突然就變成了這樣的東西。可是在人們剛開始接觸到這個東西的時候，比起藝術，它更有一種徵實的恐怖感。眼見為憑，相機幫你一一記憶你忘記的場景。羅蘭巴特在《明室》寫到照片如何讓他想起似曾相識的母親，觀賞照片的歷程幫他還原一段早已消失在記憶裡的感受。死亡與消失反而讓照片具有保存時空的價值。錄影更是。就像我妹偶爾還是會播放我們姊妹倆小時候在奶奶家的錄像；我總在十幾年後看到壓根不記得的自己，驚訝於自己曾經有過那樣的時刻。我得感謝我那熱愛攝影的二伯。

可能每個人家裡都有那種，十分厚重，塵封在櫃子深處幾十年直到搬家才會露面的大相本。在我們出生的九〇年代，不曉得是家傳還是流行，每個戰後嬰兒潮的爸媽或長輩都很樂於記錄家裡剛出生的小寶貝。於是，家裡四大本被貼上年代標籤紙的相本，記錄了我從出生到小學三年級之前所有笨拙的樣貌。

在那個還流行暗房沖洗照片的時代，按錯一張照片就會被老爸碎念很久。無意義的畫面會浪費一張底片，失焦的模糊照片也是。一卷底片的倒數張數教會我，物質其實很有限。不像數位爆炸的時代，刪除重拍，一切太輕易，記憶也流失得特別快。隨著數位相機、手機的汰換線，有些記憶早掉進晶片卡無法讀取的黑洞，但那幾本木頭似的相簿卻總在那裡，無人翻閱。倒是幾年前，錄放影機終於報廢，二伯想起要把以前的錄影帶轉成光碟的時候，我們才又重新看到以前都錄下了什麼。

是這樣的，有一天他傳了一段片源給我，貌似三歲的我跟大人在車上，一路看招牌認字。大人很驚奇，這個小孩在這個歲數可以認出那麼多字。我當然一點印象也沒有，反而是後面一段自己努力用湯匙戳水餃吃的片段，讓我記得那個肉餡和麵皮零散分離的時刻。極力剔除韭菜的意念到今天都沒變，真的三歲就定型了嗎？這樣一個文字工作者配水餃的人生雛形，原來早就在那裡。

但膠卷還勾起我另一個記憶。在我有限的玩具裡面，常常出現各種膠帶卷。雙面膠、透明膠、易撕貼、泡棉膠，各種大小厚薄，不同尺寸的膠卷與膠台被我疊成堡壘。不僅用在我的美勞課上，也成為我中學以後擔任萬年美宣的後勤耗材資源。這些源源不絕的膠卷來自我爸公司的報廢品，膠帶工廠會把邊角貨和不符合品管的商品丟棄，老爸常覺得浪費，就帶回來給我當玩具。小時候會把五顏六色的金屬膠帶纏在芭比娃娃和自己的頭髮上當裝飾，想起來有點蠢也很俗氣，不過那時候很容易自得其樂。我一直覺得爸爸這個工作很好，直到我去了工廠，才曉得不是那麼一回事。

小學的印象，爸爸總是在加班。我的日常生活裡，爸爸總是缺席，包含妹妹的出世。他甚至搞不清楚學校打來的電話是誰的老師，跑去妹妹學校發現妹妹還乖乖在教室跟老師唱歌；而此時的我躺在保健室，頂著三十九度的高燒睡了兩堂課，自己默默放學後，才去看醫生。這事，往後成為我媽口裡一則不斷播放的笑話，像我們的人生本來就是個笑話。

工廠吃掉爸爸太多生命，包含呼吸道和其他器官的養分。至今我仍然記得踏入工廠時，那種分秒想出逃，空氣中布滿粘膩膠味的空間。我不明白，新聞裡說的那些吸強力膠的人是怎麼回事，但千百倍的強力膠味和夏季極度悶熱的環境，到底要怎麼在那裡度過每天十幾小時而不頭暈目眩？當然身體是要抗議的，別說環境汙染，第一線勞工的職災也不會有人過問的。在中學之前，爸爸進了幾次醫院，每次開刀割除一些東西，痛一次，流一些血。我開始理解「血汗錢」這三個字原來是這麼真切，也許這潛意識推著我開始熬夜苦讀，希望能向上天交換點什麼。獎學金也不無小補。終於過不久，父親從職場退敗下來，把家裡的老轎車漆成小黃，有一趟沒一趟的開著攢跳錶。生活壓力一度要碾碎我們，然而在中學任教的母親堅毅扛起一切。每次幫她貼上紓緩肩頸痠痛的撒隆巴斯，我都想像上面頂著地基隱隱然傾斜的家。

膠卷愈來愈少。我曾經以為一切都將崩塌。

沒想到我們很快迎來一個不再需要膠卷的時代。

老爸後來在銀行找到一份保全的工作和老媽一起工作到退休，日子湊合著過得挺好，只差生了一個不成材的女兒如我。跌跌撞撞在雜誌社工作幾年，四處接點文字差事，只夠養活自己，還踩在沒有盡頭的學術和文學之路間徘徊，活成一個愛做夢的小廢柴。我思考著錯亂迷途的人生，說一點也許還有人在乎的故事。燃燒自己在角落一方，一如膠卷曝光之後，等待未知一點一滴，慢慢顯影。

女兒結

乘著夕陽餘暉流淌的公路上，巴士行進夜色，一排中國結樣式的路燈緩緩點亮整條道路。從沒想過，這次跟著研究團隊來到西安，竟無意間在街頭迎面遇上從小看習慣的中國結。人總是要被拋離到遠方，才想起家。下榻飯店後，傳了報平安的訊息回家，我很快在群組裡收到一個可愛貼圖。那來自熟悉母親的頭像，但奇怪的是我總感覺違和，不像記憶裡媽媽給我的印象。我突然驚覺，也許在台灣天天一起生活的我們，其實有點疏遠。

怎麼回事？那個從小給我手把手做手工藝品，擔任家政老師的媽媽，原來在我長大的時間裡，被愈推愈遠了嗎？線圈纖細殷紅，重疊交錯像血脈，層層盤桓纏繞著我們。命中有結，未有定數。而小時的我，還不懂這些。我很喜歡藏在衣櫃裡的半透明大盒子，整齊依色彩粗細排列的玉線與繡線；從平結、四股辮到十六股辮，黃紫藍粉散開的絲線在指尖，順著指節韻律彼此穿越。線條之間鬆緊有度，鏤空織紋慢慢生成花的形貌，很美，是吧？像每個小女孩都曾有過公主新娘夢，女生理所當然要學會製造一切關於美的技藝。曾經我也這麼以為。

人們總是忘記所有美都當有人付出代價。

那是編織者的生命血淚，是不會間斷的勞動所換得。

很久以後，我了解到家政課與護理課其實是因應戰爭所成立的學科，女性必須在戰亂時擔負起所有居家救護的工作成為戰備後勤。戰後則因著社會賦予女性家庭角色的期待被延續下來。家政課，就像婚前新娘培訓，烹飪、縫紉和各種精巧的手工藝成為待嫁女兒必備技能。周遭環境散發著暗示訊息：若做不好，就等著做老姑婆吧。雖然這個世代的女性，誰也不吃這套；但上一輩婦女所受的教育，大抵逃不出這個以家庭技藝象徵「好太太」的文化羅網與迴圈糾纏。更遑論外婆那一代。

外婆發病的時候，總向母親訴說那個反覆在聲帶裡磨蹭長繭的綿長故事。彷彿那個身著花布衫的年輕小媳婦被搶了十幾次的縫紉機和遺產金飾，以至淪落路邊擺攤餬口。在外婆超過一百零一次開口的時候，母親在我面前翻了翻白眼表現出一副「又來了」的表情。這世界老實說沒什麼壞人，婆媳姑嫂之間的肥皂劇本來反映的就是過於現實到令人出戲的人生。每次聽外婆哭訴自己年輕時多傻多笨，多不會爭產才落得一身毛病，有時我只是心底想著，就算足夠強悍爭奪到一切，大概也會面臨其他問題吧？為了謀生擺攤而長期蹲踞的膝蓋，的確造成外婆年老以來最大的隱疾。曲張的靜脈血管像條青蛇，從她蒼白的腳背纏繞到小腿，情狀已怵目，更別說行走時的痠麻。身心不適內外交逼，像一團黑影醞釀成世代的冤親債主追著她，然後就是無盡往返醫院身心科與念經的日常。滿布皺紋的指間，念珠反覆流轉，水晶倒映一張愁苦的臉，外婆的前半生已落了定。就像她故事裡的盲眼老神算所說，她是隻落水雞，注定一生痛苦。同樣肖雞的母親可就不同了，老神仙說，她是生來有米吃的雞，多快活。是嗎？每次母親轉述這故事的時候，我總覺得裡面有多少是自我安慰。母女命運再怎麼不同，總有相像的地方吧？當看到母親俯身舂蝦米的身影疊合在同樣動作的外婆身上，當她開始重新覆述同一個故事的時候，我不禁悚然。

到底是什麼絲線綁住我們，又彼此排拒？

一個女人成為母親之後，哪裡產生了關鍵的劇變？

外婆狀態不好的時候，六個子女都紛紛走避。不是不愛，而是情緒負擔已經過於滿溢。小塵埃是會膨脹的。人們總是忘記，「媽媽」當然也是她自己，連她都在扮演「媽媽」的過程中忘記了自我。被流放的自我終究會回來，變成一輩子難解的冤親債主，對大家情緒勒索。家庭血脈流經的地方已連成網，密密麻麻交疊的線圈看似美麗圓滿，可真都彼此實實勒得緊張，交錯成死結。我懷疑母親身上的結在生下我與妹妹那刻，就愈縛愈緊了。她常說：「女人好苦啊，要多積陰德，下輩子不要投胎為女身。」偏偏我們家生的都是女孩，妹妹又天生遲緩，甫一落地，時時刻刻的醫療診察和物理治療忙得我們團團轉。喔，當時父親去遠方出差，好久才回來一趟，擔子自然落在母親肩上。

是怎樣難解的因果業報把人牽近死亡陰霾？

小時候常聽起媽媽談外婆初一、十五持齋的緣由。外婆總說，那時候哪家媳婦不會殺雞，這等簡單的庖廚小事若失了手，可是會遭左鄰右舍的太太們笑掉大牙。能手腳麻利處理各種食材而處變不驚，才算是通過考驗，成為被夫家接受的「媳婦」，才算獲得成年禮般的身分加冕。處女座的外婆簡直在意他人眼光到了鑽牛角尖的地步，初為人婦的她，二十出頭，已然晚婚；心裡暗想，可不能在廚房丟了臉面。即使持刀的手微微顫抖，面對婆婆扔進院子的雞，身為新婦的她，總該對此做個了斷。被緊縛翅足的雞橫躺在地，即便插翅難飛也奮力蠕動掙扎。年輕的外婆，緊皺著眉，閉著眼一咬牙，刀子狠勁落下。雞脖子被劃出一道血口，卻沒斷全一刀斃命，反而不偏不倚削斷縛足的麻繩；拐著頭的雞，用盡最後的力氣掙脫繩索，在院子裡繞圈奔跑。雞血點點滴滴散落一地，怵目驚心。雖然外婆不曾說過婆婆後來的反應如何，但我想那場堪稱失敗的媳婦「成年禮」，總是為她後來在夫家難過的日子埋下伏筆。這件事，與後來被要求愈來愈熟練於宰殺牲畜而染血的雙手過於刺目，甚至讓她自願背負起一輩子的罪愆來面對殺生的歉疚，等待贖罪與償還。

往後，等到女兒成家，她終於不用再殺雞，但每逢初一、十五，她堅持茹素。我始終記得，她手持念珠看佛教節目的時候，常喃喃自語：「哎呀，我殺孽太重……」那個眼神含著懊悔與無助，隱隱透著淚。她忘不了那隻沒死透的雞，起身跳了半圈，最後倒在血泊看著她的眼神。是對命運的怨懟，還是對她的恨？這麼驚悚如恐怖片的場景，卻是一個女人在那個時代的家庭裡不得不面對的日常。雞眼透出來的黑暗，像各種未知恐懼，層層吞噬乍到新處的無助媳婦。誰都沒辦法的，為了生存，就得要宰殺。會不會憂鬱的種子早就在那時候埋下了？後來我帶外婆往返醫院精神科複診的時候，不自覺會想起這些。

往後所有不如意，彷彿都是生靈回來，一一討索。一口一聲冤親債主，包含腳上不知為何反覆長出的雞眼，治不好的腳麻與反覆發作的憂鬱症；乃至於我妹妹的特殊情況，她都將無形的譴責視為天罰背負在身上，誰也勸解不開。下一代的母親與下下代的我，幸運在時代的潮流裡免除了手染血腥的命運。小時候跟著媽媽走過傳統市場的肉攤，我被滴著血懸掛在攤邊的大豬頭嚇到，自始認為超級市場真是世界上最偉大的發明。我終於再也不用掩著鼻子走過腥臭的肉攤與魚攤，也能拿到潔淨而處理完善的分裝肉品。面對死亡，人要背負多少壓力，更何況，是被逼迫下手。

我們與死亡這麼靠近，卻感覺不到威脅；其實不過是有人代替我們領受了這些。有人已付出代價。

但逃過一劫仍有千千結。母親不用殺雞了，但身為家族裡的女性，孩子有任何問題，當然是跑第一線的各種急難救火隊。她得面對妹妹這個一出生就瘦弱得反覆吐奶的早產兒。驚險度過新生兒的保溫箱時期，寶寶明顯比別人濃厚的眉毛與胎毛顯示，我們要接受的顯然不只是保不保得住她的問題。藏在基因深處裡的黑子終於大爆炸，醫生面色凝重告訴我們，要做好擁有一個唐氏症寶寶的心理準備。我想以我媽的堅毅性格，就算當初產檢發現這一切，也仍然會生下她吧。不曉得外婆拿著兩顆紅雞蛋在妹妹頭上滾動的時候在想什麼呢？

過了好多年，跑了許多大小醫院的罕見疾病診間。最終，我們只知道妹妹不是唐氏症，也不是黏多醣寶寶；但是如今長到二十幾歲，她的智力和心理時間就已永遠停格在十歲左右，像個大孩子。

身為女人，永遠像個孩子是不是更幸運的事？

初經來的時候，不僅嚇壞我，也讓我體悟到自己的器官反叛自己是什麼感覺。痛起來的時候，我想像子宮裡的血路扭曲成死結，凝聚成暗黑的血塊；落在馬桶裡的慘狀像極地獄裡的血汙池，慘斃了。我恨極這被詛咒的女身。

小時候跟著大人去附近的土地公廟，不知道都是哪些人捐款助印了一堆善書，隨便翻翻都對你身為女身充滿各種罪孽暗示。必然是你上輩子做了什麼傷天害理、殘殺生靈這等大奸大惡之事，才有這輩子投身女人的惡報。懷抱著時時刻刻被威脅而惴惴不安的心情，一路看著外婆、母親逢年過節在廚房不停忙進忙出，終年掩埋在家務堆裡；更別提還要照顧一個情緒不穩定的特殊兒童。身為長姊的我即使能幫把手，畢竟也有限；況且妹妹出生的時候，我也不過剛上小學一年級。最嚴重的程度大概只有被失控的妹妹抓到滿手血痕也不喊痛吧？比起要面對殺雞的外婆，獨立挑起重擔的母親，這不過是破口結疤的小傷，哪有什麼？反而在那個時刻，我們母女還生出共同體般的親密。說不定在跟媽媽學編織中國結的時候，我也就宿命地接受了身為女子的各種不幸遭遇；好像人生所有悲慘都因為上輩子的罪過，構成此生不幸的根源。

所有啟蒙都從反抗開始。

像所有編織品都會有收邊的時候，剪斷絲線如剪去前半生幼稚的臍帶。也許從中學開始，不再編織中國結的我，意識到自己將要選擇脫離這條女人宿命論的航線。長輩眼裡的乖寶寶在叛逆期的反應是內蜷壓抑，外表無可見的極致破壞，都針對著自己。

每個人在成長的過程，誰沒想過，要結束生命的瞬間？

我曾痛恨怯懦面對死亡的自己。刀鋒在手腕走過的痕跡滲出血珠，點滴相連紅腫的傷痕也像母女之間未曾相解的結。刀傷怎樣都痛不過來自母親言語裡滿藏利刃的酸諷，再怎麼理解她背負的壓力與不善表達情感的性格，每次被無端責備還是很受傷。像我這樣一個無益於家族的廢物，活著好像也只是消耗資源；消逝的話，說不定對家裡還好一點呢？但我始終還是太膽小，尋死的路途裹足不前，苟活到現在。

在走到近三字頭的歲數，我突然理解到，很多時候那些所謂的「錯」並不是你所能決定的，也不是潔身自好就能避免的。那可能是整個時代與社會歷經漫長歲月所鑄成，為女性量身打造的牢籠。從你呱呱落地，變成一個小女兒的時候，禮教、法條和關於母職的社會責任就隨著滿月的祝福腳鏈緊緊繫在你身上，成為永無脫逃的宿命。後來我逐漸理解外婆為什麼執著於訴說她那始終重複的青春故事，母親為什麼總是脾氣暴躁，在家裡東挑西嫌，四處對家人發難；只因她們內心都住著一個長期被剝削而壓抑的女孩，從未被好好照顧。她們都是先從家裡的女兒被養成合格的媳婦，到成為一個稱職的母親，恪盡職守扮演各種角色，習慣於扮演那些被社會結構牽制的人偶，卻早已忘記自己是誰，還能不能有自己。

傷，是說不完的。我已決定走向自己。

結鬆開的時候，絲線散落一地。看似再也組不回圓滿象徵的同心結與花好月圓，卻在彼此放鬆的時候，重獲各自最初的自由。

童仔仙

我記得，有一個版本是這樣。那年夏天，母親穿著一身市場隨處可見最樸素的那種棉質寬鬆孕婦裝，大腹便便，緩緩移步前往正裝潢到一半的家屋現場。據她說，那是監工。六月盛夏溽暑，我那極度怕熱的母親，竟甘願揮汗如雨，窩在木屑隨電鋸聲四散飛揚的施工現場，見證客廳隔板一一按照設計藍圖生成現在的模樣。噢，略有霉味的木台當時仍亮麗如洗。木工師傅手勢俐落明快的拋光，層層磨亮我們對未來的想像。

新居入厝時，陽光穿透玻璃窗的紅紙，灑落一片豔紅。我還沒來得及習慣房間那股新漆的氣味，我妹就突然來了。甚至等不及我爸從外地工作崗位趕回，母親撐著豐腴身軀站定在講台，強忍腹肚翻攪間歇疼痛，等，那個遲來的下課鐘聲。(光想到每個月的子宮痙攣我就不得不佩服我媽)也許有昏厥，總之，她被一干嚇壞的老師簇擁著，手忙腳亂給送到醫院。推進手術房當晚，命運隨著我妹墜落人間，她沒有哭聲，嚇壞我們。無言以對，是迎向命運的初始。

自從妹妹出世，我才知道，每個人的時間軸有時差。

有些人，看似過著與常人一樣的生活，其實早被遺忘在未曾前進的時間裡，像活化石，仍如常呼吸。說白了，不過是徘徊在十歲前後的狀態，周而復始，過著節奏如常的日子。

彷彿不那麼好也不特別壞，肉身有些細胞依然成長老去，她的身體時間無間斷往前，心理時鐘卻從來沒跟上節拍。旁人總是問她的心智年齡，大概三歲？五歲？或許十歲有了吧？提問者總未意識到問題本身有多荒唐，我們的肉身歲數或樹木年輪何曾探知靈魂感知？然而在世俗醫療制度裡，循環似的檢測就是如此安放我們的認知。依照「魏氏智力測驗」，治療師抽起一張卡牌，像童蒙教學後的考試；詢問她關於數字、顏色還有其他看似簡單，但我也不確定是否只能這樣回答的問題。醫院的診斷書像粗糙的解答本，我總抗拒接受它宣判妹妹的狀態，無論重度、中度還是輕度，生活的障礙怎麼會有等差？

因為腦中語素的缺席，她說不了太多話。又或者，總是說話的時候，我們接不住那些失序的聲符。只能在她憤怒的情緒發洩裡感覺到一種失語的沮喪。下垂的眉眼，可能掩藏了更多祕密。然而，這個秩序如此緊鑼密鼓的世界；失語，會不會反而是人生更好的狀態？

有時，我仍不免會想，怎麼會這樣？

人生苦難從來沒有什麼原因，突如其來。馬奎斯筆下，那只是來借個電話的女人早已幫我們透視醫療體系的荒唐；她一生最大的苦難，來自那一瞬間跑錯了地方。哪裡出錯了呢，我們的人生？是不夠勤快早起跑遍醫院，掛上已排定幾個月後的罕見疾病門診？還是上輩子做錯了什麼？可能我過早體會無解的徒勞，突然覺得不知道確診病名也未嘗不好。坦然接受某天你就是必然與她連上血緣之線，日子也繼續流淌過去。但終究是懷胎十月之故，我輕易越過的那些，卻緊緊牽絆著娘親。臍帶輸送的情感總比手足體己得多，橫豎跨不過的這道檻，像胎膜層層張開一道道幾世因緣的羅網，網住母親從現實掉落的心。螢幕上說法的師父們變成一根根浮木，苦海浮沉，看似每個漩渦都道盡你意外苦難的人生。我想起封神裡的哪吒，出生時生作一團肉胎，相貌醜陋而被父親嫌棄為討債鬼。父親總是在接受這件事上，比家族的女人們更遲緩一點。母親則從土地公廟拿回一本本善書，早晚絮絮叨叨，關於那些不在此世就在來生的冤親債主的追討與償還。彷彿遙遠的神話。

哪吒也是不長大的，然而周圍親人卻苦不堪言。

那鍥而不捨，雙腳勤於奔走在廟宇間的母親，在念經、參拜與魚鳥放生的儀式裡，屢次展現她生命絕佳的韌性。我幾乎要忘記，在這個虔誠而原始的迷宮裡，她曾是一名國中老師。我一度以為啟蒙知識和宗教迷信是一條分向兩頭的路，然則生命不然，胡攪蠻纏才是人生實境。文明理性填不起某種無以名狀的無助罅隙，命運的深處需要有光，才能有希望。

一切驚魂還是來自醫院。

隔著保溫箱與透明玻璃，黑黑一團小粉肉球，緩緩蠕動著。

那是我妹。

醫生說她早產，胎毛還未落盡，頗類猿猴。

（往後某師父說她上輩子是猿猴轉世，而爸媽是惡質的養猴人，因此這輩子該來討債。那我呢？師父說我可能是一旁偷餵他食物的那個憐憫者，所以日後的確每次我妹發怒都朝著爸媽丟東西，獨獨對我挺客氣。彷彿都讓師父說中了，這樣的前世今生？）

原來藍光可以去除黃疸，醫療儀器重新排組了我對色彩對比關係的認知，光照下，纖毛的色澤從黑裡透出肉色微光。一張藍臉，讓人恍惚想起傳說裡的金絲猿，優於人類的靈長類，更多的其實是未知。彼時，我們還不曉得，日後每月餘為她刮除不斷生長的體毛，竟是一場日常輪迴。

日子過得慢一點，也好，沒關係吧，健康就好。我們都接受了這個事實。一直到她二十幾歲，青春少女，年華正盛；慢熟的果子未有戀愛煩惱，身子骨倒隨著充盈的血氣方剛，一日日精實起來。她停格的少女身體沒有月事，極少染上急症，像自足的無菌室。反而是我這個虛胖的姊姊，每一季天氣驟降，動輒感冒暈眩；每月受足女人病翻騰絞腹的子宮侵擾。

屢屢進出醫院、月月吞食藥草的我，和智能發展遲緩但身體強健的妹妹；我私以為這是上天公平的交易。

你選擇健康的肉身，還是正常的心智？

我們姊妹各得其一，已是完足，不然還想怎樣呢？我們終究是凡胎肉骨，無能完整。我後來無聊地發現，無論哪個宗教都暗示著，人為戴罪之身。人生有缺憾，是無法磨去的罪愆。或許我只是比別人更早一點體認生命的殘缺和它的不可逆瞬間，在我足六歲，剛上小學的時候，變成一個特殊兒童的姊姊，改變我一生的關鍵。

彷彿一切如常，但誰都曉得，一切也非常。

還是在那個儼然如新的大廈蝸居。那天之後，母親開始述說各種自咎的故事。又有一個版本是這樣的。那年夏天，我媽穿著一身你所能想到最樸素的那種棉質孕婦裝，大腹便便走到我們正裝潢到一半的家屋現場。據她所說，木工師傅當時提議順便修整冷氣架。（她篤定，一定是那個關口跨錯了檻）外婆事後說得信誓旦旦，家裡有孕婦怎麼可以大興土木？鐵則一般的禁忌。婦人懷孕，家裡千萬不能打釘。敲壞床母、驚擾胎神，就會生下畸形兒。

我們觸犯了，鐵則一般的禁忌。

我對這個說法不置可否，如果是這樣，生物課還需要上什麼遺傳學？然而許多年以後，我也對人類用話語建構的生物學感到懷疑，到底一切誰說了算。意外可能是石頭裡蹦出來的吧。悟了這個無常，也就如常釋懷。悟空，原來是這樣。我無所用心地聽著母親訴說那每一個關於母性的禁忌，甚至不曉得爸媽是什麼時候才真正接受事實。可能是度過那個我抱著妹妹，隔著衣櫃聽見隔壁房爭執著誰要跳下去的嘶啞喊聲之夜；窗框被「砰！」一聲摔上，彷彿一切沒事安靜下來，稍明之後，秩序又回到日常。

總是這樣。母女仨流浪在一家又一家有罕見疾病科的醫院，清晨六點排隊掛號。抽血，物理治療，早療，檢驗。好奇，驚嚇，尖叫，憤怒，哭泣。所有的歷程和情緒，一次也沒漏掉。母親是那樣堅韌的女人，硬氣，一肩擔起所有。答案等得太久好像也變得無所謂了，我仍然沒接到台大或馬偕任何一通關於送檢國外化驗的結果。我妹的幾管血液究竟流落在何方，已然變成一大顆時空膠囊，悄無聲息，沉入大海。

最先發聲的醫院，最後對我們無聲以待。

沒有答案的人生，只能一步步走下去。

要面對的難題更在自身之外。

你曉得哪吒為什麼要大鬧龍宮？他天生就是個愛搞事的壞小孩嗎？讀了

《封神演義》我才知道，他就是個孩子。天熱就下水洗澡，沒想到攪亂一池龍宮水。後面一連串莫名其妙的打鬥，不過都是因他防身自衛而起。可是社會卻說他叛逆。他是一個不受法律約束的大孩子。法律可以安放所有人嗎？我記得那時，妹妹的手還小小軟軟，我牽她去社區溜滑梯。至今我仍清晰記得那些童言童語如何攻擊她非常人的外貌。一個眉清目秀的女孩皺眉看著她，一臉嫌棄和身旁的同伴私語：「矮額，好多毛，像猴子一樣的怪胎，竟然還穿裙子。」妹妹當然是聽不懂的，她只是想要有人能陪她一起玩；我來不及阻止她熱切向前踏進那個赤裸的惡意，一個轉身，她被旁邊的小孩一把用力推下去，幸好地上是軟墊，不見血，只有疼痛。我很生氣，要向那個小孩理論的時候，他的家長竟然瞪我，說我們是壞小孩，邊碎念拉走他的小孩，直說不要靠近我們。

小孩的世界有律法嗎？

如果規則都是大人訂的，大人走歪的時候，這會是個怎樣的世界？

這是個怎樣的世界，人情冷暖，還是小學生的我已知道得一清二楚。小孩最天真，大人身上的善惡，如實投映出人性。社會，就是這樣的世界。猴比人可愛得太多，成為人類，何其扭曲。

十歲以前，妹妹把我拉近人性邊緣，直視它的深邃。心魔相生，對他人也從自身，出其不意。在我大伯還在世的某年暑假，他曾帶我們姊妹倆去野溪玩水。我坐在巨石上，看著水底扭曲而蒼白的足，看著妹妹的紅色小裙浮在水面展開，像蓮花。野溪之所以野，是因為岩石之下暗流潛伏。愈放鬆，愈危險。天熱水涼，妹妹小臉粉白，因快樂染上紅暈，灰撲撲的覆毛之下，藕色修長的雙腿擾亂了底苔，驚動魚群。莫不是龍宮有神靈來尋仇？沒人記得是誰先鬆的手，一陣強勁水流拉走了妹妹。從河流中段，像一顆肉球似的噗通幾聲，滾到了下游。遠方傳來母親的驚呼和求救。我無法分辨自己來不及反應的心思是漠然，還是竟然偷偷慶幸了一刻才猛然驚醒，隨著大人們跑到下游，看我那可憐的妹妹。

往後午夜夢迴，我曾屢屢逼近那個童蒙的黑暗時刻，想著，會不會那一瞬間，我感覺到某種姊妹心靈感應的，終於即將逼近那個令人想哭的自由？世人眼裡愚昧的肉身，怎麼能困住這樣一個澄淨的靈魂？假如當時那片裙真成為水中的紅蓮，會不會用一種形體的消失做為骨肉相還，從而度化了我們？

然而紅裙終究承接住妹妹的求生之慾。

而紅蓮，雙雙成為外婆與母親在佛壇之上，日夜供養的，執念。

花露水

氣味是可以凝塑時間的。

從來無人懷疑，那剛出爐的瑪德蓮，是如何用滿溢流動在空間裡的蛋香將主人公推向過去，追憶似水年華。

在神祕的氣味裡，記憶是容易被召喚。好似附魔的瞬間，你意識到自己恍惚掉落在熟悉的異度空間。奇怪呀，色調是舊照片那種罩上一層泛黃玻璃蓋的感覺。

是有這樣的氣味存在嗎？

你聞過一種百般說不出但又熟悉感十足的香味嗎？好像雨後花園沾點餘土、帶點霉與各種棉麻衣物的大衣櫥氣味，有時混雜著爽身粉、白花油和萬金油既清爽又涼膩的矛盾感。可能你也曾聞過這種熟悉的味道，模模糊糊，彷彿是奶奶的「明星花露水」。你一直以為記憶是腦海選擇、淘洗的結果，直到翻開櫥櫃撲面而來的粉塵與一股強烈的奶奶味道，你才發現意識已然掉落到那個心底時空凝滯的房間。

那裡的大鐘擺已經停頓很久，午後的悶雷聽起來更遠了。

你看到一個駝背的身影在陽台，急急趕在落雨前收攏所有待曬的衣物。在一疊疊彩色衣架撐起的襯衫、西裝褲堆積的夾縫間，你聞到雨。一種潮濕的感覺從空氣黏上你的身體，像陷入一堵透明牆裡。「熱啊，熱啊！」分不清是你的聲音還是毛孔在叫喊，體內的汗水只是悶著，像天上的烏雲。

雷，遠遠的響，響聲愈來愈靠近。你本能想躲，躲到充滿熟悉氣味的棉被團裡。但不是熱嗎？你也十分疑惑，但身體自己做了記憶的慣性決定。

後來長大才意識到，原來你並不能選擇你的記憶。

總有什麼東西在暗中微微牽引。你突然想起許久以前與奶奶爬泥濘的後山，彼時烘爐地仍未建起高大的建築，土地公還矮矮小小的，慈眉善目，與你這麼近。你喜歡追著漂亮的東西跑，現在依然。而那時眼裡最美的是蝶，粉黃蝴蝶在蒲公英間徘徊點跳，你追啊追，拋下身後緊張的大人們往山路一端跑去。小布鞋激起沙塵，浮出一塊岩石絆人，撲倒之後你忘記了一切。好像臉上還有濕涼的淚痕，膝蓋痛痛的。朦朧裡你還記得，睡著的時候有一股濃厚的花露水混合白花油的氣味在身邊，很熟悉，你感覺安全。像每個暑假窩在奶奶床上的棉被團裡，偷偷賴床，再也沒有媽媽每日早晨急切怒吼的聲聲催促。

沒有驚嚇，沒有匆忙，那是閒閒拉長時間軸的悠緩假期。

你忘記了人生何時開始沒有了假期，甚至失去好好生活、呼吸與睡眠的節奏。可是你曉得曾經你有過，有過一個完整綿長的假期。在無感日夜睡睡醒醒的時刻裡，在奶奶家小房間的四方盒老舊電視前追著一部部日劇。小時候根本看不懂的《長假》，只覺得木村拓哉好帥啊；結果竟已不知不覺來到劇中主角面對社會生活惶惑搖擺的年紀。當時，就算只是小學生的你，也想像有一天能在某個市街轉角碰上《惡作劇之吻》這樣浪漫的橋段，假想對象當然是柏原崇型的美少年。

好多年以後，歷經幻滅中的幻滅，你才知道愛情根本不是這樣充滿粉紅泡泡的一回事。現實總是像那台停泊在小房間裡的老電視，時不時跳電、充滿雜訊，需要有生活智慧的長者適時伸手拍拍，打通電路經脈。當然那隻手通常是奶奶。往往在男女主角即將要接吻的時刻，午後開始響起悶雷。

夏季嘛，島嶼人們早就習慣這種狂暴雷陣雨來臨前的節奏；但你至今仍無法真心接受，一陣突然的電光火石，「磅！」一聲巨響（你每每懷疑屋頂被轟出一個隕石坑洞），然後眼前兩張俊男美女接近的臉就在雙唇要貼上之際，在視網膜跳動的漣漪中瞬間黑化成虛無。

噢不！

你急急跑去找在陽台匆忙收衣服的奶奶求救。好急啊，他們接下來怎麼樣了呢？好急啊，天要降暴雨，內衣褲、小背心、吊嘎都還袒露在那裡。

快呀，快去修／收好。你有點生氣她動作怎麼那麼慢，她也有點生氣你幫忙收衣服的姿勢怎麼如此笨拙。最後是一座癱軟在布沙發上半濕的衣物小山，奶奶果然一掌明快拍好了電視，但是熟悉的片尾曲旋律已然響起。

都過去了。

留下頭髮被雨水沾濕的祖孫倆，疲憊地坐在沙發等著雨過。身旁飄起的味道，是花露水。像泡爛在水裡的花，像我們，彆扭又相愛的祖母與孫女倆。連害怕雷聲驚嚇跳起的頻率都一樣。像最後在醫院慢慢平坦的心電圖，最後一次體驗彼此一起的心跳。

你一直以為花露水應該是採集某種花露聚集起來的產品。是不是雨後的花會飽含特別多露水？現在的你常在走出辦公室吃午餐的時候希望天快下雨，悶著不下有什麼用？卡住的人生還會有人從背後拍拍你，打通那些堵塞住的毛孔和情緒嗎？

你曉得這終究是某種與過去的告別。

雨後的青草氣味清新如洗，花露水濃厚尷尬的味道熟悉像童年，赤裸到讓人不忍直視，卻在時空的推移之後，讓人有點想念。

那是雨後，遠遠的，奶奶的味道。

寺與願

很小的時候，我就知道，跟著外婆，順著那些滿布濕苔的石階一直走，就能到達一個安靜的化外之地。每個隱沒在轉角闊樹林的路，總會在下一個陡升的坡度間展開遠方。

總是有路，總也會到達，我們只是需要多一點時間。

外婆的手很柔軟，我們手牽著手，在天色濛濛亮的時候踩著搖晃的石階，往高處攀爬。是行走，也像修行。清晨的山微涼，走完數以萬計的階梯後，那是最涼爽的回饋。我們趕在陽光熾熱前抵達佛寺，古樸典雅的石製廟宇，看不出建造時日，造型頗與我後來去日本參拜神社看到的風格相似。

圓通，是牌匾上的題名。在我感受則是很具體的通過一道圓形拱門，來到另一個空間；離開原點，回看來時路，換位之後感觀完全不同。就像此刻重看前十年的人生歷練。

寺廟猶在，人事已非。

通常觀光勝地的寺廟都會變得很嘈雜，但圓通寺沒有，人到那裡會突然靜下來。貓也是，不曉得是不是從那時候我就喜歡貓這種安靜的生物。時間變得慢，一旁圖書室傳出窸窸窣窣的紙頁翻動聲。

參拜是一種儀式，外婆總會在白色小瓷盤盛上清水，拈下兩朵蘭花，浸浴。她雙手捧起瓷盤抵額，神情肅穆，走向佛前頂禮。雙手合十，細聲禱念。禱念的內容很長，數盡家族所有人，但沒有一句關於她自己，我的處女座外婆，是太溫柔自苦的人。還六七歲的我，只朦朧曉得拜拜是求全家平安的意思，也學著外婆，向眼前的巨大金色佛像合十鞠躬。某些時刻，我會突然相信，也許真的有神在，雖然多數時刻祂沉默。無需乩身劇場式的揮刀灑血，每個前來的人，已曉得人身必然要承受不同程度的降災。

生活是太粗礪的磨砂紙，非得磨去一些皮肉，挨一些疼，才換得到明日。像此地頗負盛名的一線天，你得側身磨膚，過這峽谷一線，才抵達天聽。但過得了山谷，還是需要仰賴意志力爬出低潮。眾生一肚子苦水無處宣洩，只好紛紛來朝，尋找屬於自己的樹洞。入門一尊寫著「悅爾眾心」字樣的石彌勒笑得開懷，凡人要真心暢快卻也實難。香火綿延，正是人有太多未達成的願望。

沿著寺後階梯走去，迎上一面石壁。偌大的「佛」字鑲嵌在上。每次走到這，外婆都要讚歎：「這面山壁真了不起啊！」了不起在哪呢？是因爲高大，還是佛印賦予它崇高的神聖？小時候我只覺得這面牆彷佛會在夢裡一直膨脹，大到輕易把我們碾碎。有天想起，才意識到它比我在西安須彌山看到的巨像佛窟小得多，才曉得，原來這就是長大。

大一點之後，我離開外婆家，住到離學校較近的南勢角奶奶家。那時烘爐地還是由黃土地環繞。有時，奶奶說：「我們去後山拜拜吧。」大概就是繞到那一帶散步。古道的橫木階梯，中間還是泥土地，有時你會踢到老樹突起的根結或小石頭。不小心踩扁一隻毛毛蟲，或者偽裝成落葉的各種昆蟲。不知者無罪，人們遭逢的日日橫禍大抵如此。人也不過一隻小蟲。

眾生平等，尤其午後一場暴雨，把所有生物都困在泥濘的山路上，動彈不得。然而我聰明的奶奶，總是能撐起一把紅傘，時而化身為拐杖，又能一路掃平黏人的鬼針草和蒲公英，拉我走完全程。

山路半途有一座臨時搭建的小石祭壇。主神的位置供奉一尊美猴王石雕，但更讓人在意的是一旁的平台，羅列著一些被棄置的神像。每座神像都在與人觸手可及的距離，金身斑剝，神情依舊。我想，原來神也會落難。雨水落在石板屋簷，拉下一片水簾。不曉得這小小的花果山會不會是祂們更好的西天？

幾年之後，樸拙的小石廟已用鐵皮擴建成一座廟，多了香爐與金紙，神座被搭建升高，但人與神的距離彷彿更遠。我心底生起一種既視感，感覺出社會之後，有些距離也就自然變成這樣。

歲月，讓我們失去了自己的國旗嶺。

這座後山丘登頂，只有一個簡單的水泥平台，旗桿上褪色的旗幟飄搖，那就是居民所稱的國旗嶺。有點像里民和山友的活動中心，不少人來遛貓、遛狗、遛鴨、遛小孩。婆婆媽媽聚集在涼亭窸窸窣窣，時而揪團跳土風舞；或者和老人家一起打打太極。放風小孩去盪鞦韆的媽媽們看起來很輕鬆。

山上源源不絕的飲水讓人好奇，直到我們遇見那些揹著大瓶裝水的人們，才知道我們每次休息喝到的免費礦泉水都是他人的善意。我想起某次採訪作家聽說，大汗淋漓的炎夏，若能暢飲一杯冰涼的水，那就是生活裡的小確幸。烈日下走過半小時的山路，得到一瓶水的幸福的確如此，我開始體悟到，能坦然接受他人慷慨而無咎，也是一種真確的幸福。

當然，我們最後還是會繞到烘爐地。當時，那尊龐大的土地公像還沒建起，廟宇預定地終年在整修。像外婆，奶奶也燃起一炷香正對主神，閉上雙眼，雙脣持念一段時間，才緩緩把線香插入煙霧瀰漫的香爐。

我生命裡最重要的兩位老人家，在童年給予我極大的愛。有時，我不願苛責她們的堅貞信仰為迷信。隨著自己出國的歷練與年歲增加，我曉得遠離母土大半生，在異地重新生根，重新理解、學習一套語言和文化有多不容易。她們為了孩子的未來，從熟悉的緬甸遠赴台灣；一居住，幾十年光景，他鄉變故鄉。然而，她們對外面的世界所知甚稀，出入仰賴子女。只有各自爬山的時刻輕盈，而我幸運參與了一切；才知道，為著更好地活著，信念何其重要。

長年鴨

每到年底，我都會開始期待除夕圍爐的那鍋燉鴨。

在剛升中學的那個過年，才曉得那個味道早已不可逆的，隨奶奶消失在火葬場。

當然，家裡圍爐還是會煮這道菜的，和奶奶相處最多時日的二伯，也順著口舌記憶，如法炮製出「奶奶的燉鴨」。一隻全鴨、白果、蠔乾、乾香菇、髮菜，最重要的是，鮮甜的大白菜；在炆火煨燉過後，菜汁的清甜能把鴨肉和乾貨的濃郁鮮味烘托出來，呈現它們最好的滋味。它是一道味覺層次如此豐富的菜色，但我們無論如何把同樣的材料放進鍋裡，怎麼調整鹹甜，就是無法回到最初奶奶的味道。婆婆媽媽們的拿手菜從來沒有明確的食譜，就像我每次問我媽，蓮藕排骨湯要放多少鹽，她都說：「你不會靠感覺嗎？」可是我這一代女子已經失去了柴米油鹽的內在感覺，只能笨拙地靠量匙，邊撒邊嘗味道，如我且戰且走的人生，沒有什麼可以篤定的事。

外婆家的過年鴨則是另一種料理法，不像奶奶以全鴨搭蠔乾的豪邁澎湃感；這邊的廣東媳婦用的是細嫩鴨腿，隔水加熱的精燉路線。把鴨腿剪皮去油，泡開乾香菇，乾海參清理好切成細塊，和前幾個月曝曬在屋頂的果皮相混，淋上洋酒（大概是威士忌）；幾小時，細火煨成一碗公，部分化入肉汁的海參讓湯汁變濃稠，匙匙是精華。我媽常說，厲害的菜不靠太白粉勾芡，有很多辦法可以讓食材變成湯底。就這點來說，我家族的媽媽們真的很像魔術師；不像我只能從太白粉換成地瓜粉，仍然一籌莫展。還是回到這碗家傳的海參燉鴨吧，以濃郁湯汁將半融的海參與鴨腿嫩肉燴飯，雙雙入口即化；外公在世最後一餐，面對一桌年菜食慾全消，但唯獨這碗外婆的燉鴨，他夾了一口說好吃。最後這口鴨，在他剩下三分一的小胃袋裡，陪他度過人生最後的階段。想來，也是件滿幸福的事。

不曉得廣東人為何如此熱愛鴨料理。我們家每年冬至鹹湯圓都是以白蘿蔔燉鴨做為湯底；開年前也等著大阿姨從香港帶臘鴨回來。在我至今的家庭餐桌記憶裡，出現過無數次燒鴨、鴨餅、鹹菜燉鴨、腐竹燉鴨、芋頭燒鴨，甚至是咖哩鴨；我懷疑這是在緬甸成長的外婆靈光乍現的創意料理。我那經年出入廚房，且自豪廚藝精湛的母親，也多數承繼下來，許多鴨料理成為我們的家常菜色。於是，當我第一次聽到鴨肉有毒的說法大吃一驚，難道我們周周吃毒嗎？但想起外公，我突然覺得也滿能瞑目的。反正人終有一死，不如吃鴨吧。

像我這樣的小吃貨，原來出自家族基因。

嗜鴨，又好湯。

無湯不歡的廣府人，餐餐煲湯，也常煲粥。我媽常說，廣東人不能沒有湯。在她們的概念裡，哪家媳婦不會煲湯，她注定要被淘汰。雞骨、排骨、鴨骨、魚骨或各類生蠔、干貝、蝦米、魚鰾、竹笙、枸杞等乾貨，能做成湯底的東西統統不能放過，要熬成醇厚的精華，把所有味道萃取到最後一滴，才能捨棄。就像她們一生勤儉的性格。我大概就是注定要被淘汰的那個敗家女，懶於洗手作羹湯卻老是嘴饞的女人，生活在這時代的台灣，真是天可憐見，外食簡便的世界，讓不諳廚事的女人柳暗花明又一村。

我終究無法成為像她們那樣善廚的女人。

也證明了料理手並非女人與生俱來。

雖然依照過往對每道菜的飲食記憶足夠讓我去找齊食材，把一干材料咚咚咚都丟進砂鍋裡。可是成就一道菜的，有時並不是食材或火候，而是人。

我常想，為何從小到大母性長輩或外在環境都期待女兒們成為一個好廚娘，並且用嫁不出去做為要脅？不時抱怨受困家務的媽媽們真的希望女兒重複這樣的人生？一個會做菜的男人出現在電視上，被稱作新好男人；那為什麼養家的女人就不會變成新好女人？外婆在年紀大之後，體力愈來愈不好；突然某天外公就開始出入廚房了。

主廚換手，一切順理成章。

我從很小的時候就發現，如果今天是外公燒雞，它的醬油味就會熗得比外婆和媽媽濃一點，油也添得多一些。我會偷問外公，今天是不是他做菜。他會用廣東話俏皮回我：「好嘢嚟㗎，系唔系唔同埋你媽？好好味㗎！（好東西來的，是不是不同你媽？好味道啦！）」真的是比較香，但我不敢和我媽說；只會偷偷多添上一碗飯表示捧場。

會煮食的人有天賦，能吃食的人很幸福。

出自奶奶、外婆、外公和媽媽的鍋裡的菜各有滋味，掌廚的經歷翻炒著持家歲月。笨拙的我像爸爸，在媽媽出差的時候，父女倆整日跟著英文鄉村歌曲哼哼唱唱，只能拌炒出一些簡單現成，且稱不上好吃的家常小菜，勉強果腹度日。最多不過是做出一些像是把三色蛋（鹹蛋、皮蛋、雞蛋）隨便炒在一起，變成我爸發明的「混蛋」，這種奇怪的暗黑料理來拌飯，倒不至於把鍋炸了。父女的驚世廚房，也只會嚇壞我媽。

未成家，未成火候的我，因為家族基因的豢養而善食。

無能自我安頓的腸胃，幸有善庖者相顧。也許有日，我能把這家傳鴨的食譜轉渡，共創讓人眷戀新生的獨特滋味。

仰光

二十多年來，我仍未曾親眼見到母親所說，那座落於仰光的大金塔。

緬甸對我來說，既熟悉又陌生。我從未到過那裡，卻從小就在父母口耳講述裡懵懂認識了它。爸媽的過往連著我的童年錯置在台灣，綴連成一片小宇宙。在那個台灣人還對東南亞彷彿所知甚少的時代，面對別人問著我也答不上來的問題，我常覺得，會不會我才是那個星際迷航的小塵埃？

小學時，拿筆在籍貫欄填上歪斜的「廣東」兩個字，我卻知道在家族記憶深處還有別的夾層。雖然我們平常講廣東話，但有一些食物名稱篩落在熟悉的語言之外，而我天天吃著。那些無法用中文詞彙表達的食物氣味，混雜熱帶地區獨有的酸甜辣鹹，湊成一種有口難言的滋味。有段時間，小學生流行交換便當，只記得我便當裡傳出搶戲的鹹魚蝦醬味，惹得身旁同學掩鼻大喊：「誰的便當這麼臭啊？好像大便！」我緊張得馬上用白飯掩蓋，快速大口吞嚥可能的氣味來源，試圖毀屍滅跡。難堪的感覺讓我急於尋找藏身的樹洞，不免也怨恨起家裡奇怪的飲食。

可是，明明我只是帶了便當，只是這樣而已。

沒想到這年頭，獨具風味的蝦醬空心菜卻成為餐廳普遍的家常菜。二十幾年來，我極少對別人談起自己的家族；不是想隱瞞，也許只是潛意識有什麼保護著我迴避小時候經驗過的尷尬處境。

小時候曾聽媽媽講過緬甸有塊巨石，以不符常理的重量比，終年浮空在懸崖邊。當風吹拂，石頭擺動，卻恆常不墜。緬甸人相信這是佛的聖蹟。他們在巨石上建塔瞻仰，貼上金箔供養。這就是我們常在旅遊節目或明信片上隨處可見的著名景點——「風動石（Kyaikhtiyo）」。這也許不過只是附會自然景觀衍生的傳說，但在貧脊之地散布金箔，這件事使我感覺浪漫異常。

因為一無所有，所以毫無保留；無論對人，或對神。

我想起外婆說早年她在仰光，天才濛濛亮，帶著幾個孩子推一車熬夜趕工的廣式點心到街上叫賣，下午則在路邊兜售手縫的小孩衣物。用幾毛幾塊錢積攢拉拔起六個小孩。物資缺乏的生活，卻反而使人擁有一股虔誠的浪漫。媽媽談起一堆小孩擠在家裡鬧哄哄搶食一鍋咖哩的情景，顯得特別開心。我從來沒想過，原來她有過這樣熱鬧的童年。這是她每每不自覺念起緬甸的原因嗎？

在模糊的記憶裡，我終於初見金塔。跟著爸媽走進老公寓，陽光灑進氣窗，踩著明亮的階梯，一圈圈繞上五樓。你無法想像，台灣的老公寓裡藏著緬甸佛堂。這麼多年過去，我還記得最先拂面而來的是那股薰香混合椰漿咖哩的氣味。裸足踏上溫厚柔軟的紅底繡紋波斯毛毯，白磁佛像裹上金邊袈裟，一圈圈小圓光點擴散閃爍著，前面一小金塔座立。

大人稱呼身披棗紅袈裟的師父為「澎澎」，聽起來有種憨態可愛的感覺。的確也是慈眉善目、體型福態的澎澎，像極了台灣總是笑呵呵的彌勒佛。他在儀式中為眾人念經祈福，以楊柳枝灑淨，然後用緬甸話向大家解釋梵語佛經。一句也聽不懂的我，只覺得水珠飛灑到臉上，涼涼的。長時間跪坐只剩下肉體麻痺的我，開始在座墊上展示各種毛毛蟲扭動姿態。澎澎大概都看在眼裡，於是轉頭跟我爸媽說：「她是個有口福的孩子，所以我們開飯吧。」完全拯救還是毛躁小孩的我。熟悉的咖哩味愈發濃厚，一轉身，佛堂志工們已把午膳都備好了。

圓形大矮桌滿布各式菜餚，緬甸和尚並沒有茹素的戒律。延續著沿家托缽，仰賴隨喜布施的傳統，佛堂上的菜色端看志工提供，從咖哩燉菜、酸鹹茶葉涼拌、咖哩雞、辣蝦醬炸魚、椰香麵、魚湯麵、羅望子蝦醬搭小黃瓜等主配菜，到甜點芭蕉蛋糕與棕櫚糖椰漿小湯圓等；葷素兼備，變化多元也各具特色。

無論如何，咖哩是必備菜色。緬式咖哩通常會浮起一片橘紅辣油在上提香，下層的醬料則是融合紅辣椒粉、黃薑粉、魚露和一種氣味獨特的印度香料 masala 一起炒香。由洋蔥、茴香、黑白胡椒、丁香、肉桂、豆蔻雜揉出香鹹透鮮的甘味，混入薑蒜爆香的鍋底，其中錯雜幾層相容又相離的滋味，比之平板單調的濃縮咖哩塊醇厚有味得多。即使如此，小時候的我，還困在與別人不同的便當煩惱中，而忽略它背後那些關於父母想念的味道。

在華新街還沒成為南洋觀光美食的「緬甸街」之前，我常跟著媽媽到傳統市場找一些特殊食材。哪幾間店賣手工羅望子蝦醬、乾炒蝦醬、椰香薑黃飯；哪幾攤專賣香茅、洛神花葉與芭蕉樹心，也曉得彼此應對的料理搭配。其實，從那時我就知道，這世上有個奇妙的空間，有些人說著跟你家人相同的廣東話混雜緬甸話；即使你一點也不懂，但當老闆說完整句話，你卻奇妙理解一切，並自動按數找起零來。如今想來，那是多麼日常又魔幻寫實的時刻。

同樣奇幻的時刻也發生在外婆家的午後。

下午三點的午茶時分，樓下傳來陣陣濃厚奶香。毫無疑問，是瘦極又慣性駝背的外公，正一派悠閒，手持鐵鍋在瓦斯爐前煮茶。我最喜歡看琥珀色澤的茶湯在熱氣裡冒起大小泡泡，鮮奶與煉乳順著煙霧滑入鍋裡，茶與奶在各自的領域擴散又融合，再燉成一鍋濃醇的奶茶。孫女們都愛喝「外公的紅毛茶」配奶油烤土司，撒上幾分砂糖，湊在一起下午茶。當初誰都沒想過，十幾年後，爺孫日常的英式下午茶變成一門好生意。有時，外公早餐配茶的是一顆「哈杯蛋」。半生熟的水煮蛋，撒上清鹽，讓口舌浸在濃韻的蛋香帶點鹹。多年以後，我才曉得外公說的原來是「half-boiled」蛋。我日後終於在世界地圖裡找到緬甸，發現它疊合在大英帝國擴張的殖民圖層裡。外公每日下午茶，行禮如儀，堅持奶茶要烹煮，茶香才濃厚。答案一直暗藏在老花鏡片下的那本封面磨損褪色的牛津字典。

點點記憶彷彿串成鏈，食物，原來飽含最多文化交錯的遺跡。

外公離世後，父母仍以身體回應著文化基因裡殘存的習慣軌跡，不時到華新街點一份奶茶搭配蘸滿奶油與糖的印度烤餅。水泥鋪砌的磚檯土窯，內壁貼滿一張張圓形大薄餅，烤餅出爐，熱騰騰麥香，微焦的咖啡色澤沾上融化的糖與奶油，油脂淋得餅皮瑩亮。爸媽吃著咖哩、烤餅與薑黃飯這些食物的時候，都在想著什麼呢？在緬甸街裡一口咬下咖哩馬鈴薯做成的酥炸金三角的時候，會記起小時候在仰光的金塔嗎？

迎向四月，台灣有時早晨的陽光也熾熱螫人，在媽媽記憶裡，緬甸一年四季炎熱，只有雨季來的時候把整個城市洗得沁涼。就像緬甸迎向新年的潑水節，也叫浴佛節。在久遠的印象裡，我跟著父母參與佛堂浴佛節的記憶肅穆莊嚴，人們列隊依序用銀器盛水，從金身佛像身上澆浴，然後再讓澎澎在額前灑淨，完成整個儀式。這和後來大家熟知那種封街潑水、熱鬧喧囂的活動氛圍差異頗大。但我想兩者在洗淨靈魂的祈福精神上也許一致，由水連結起原本不相識的人們，雙手捧掬，潑灑出對彼此最真心的祝福。

我嘗試把從小到大的日常記憶一片片攤開，終於體悟遊蕩在這的，不僅是我往返童年與現在的幽靈，而是父母此生無返的遠渡。他們不再前進的青春都停在遙遠的異邦，通過深藏街巷裡的滋味再次誘引而出。金塔也許不那麼真實貼近他們兒時日常，但來到台灣之後，大大小小每座復刻的金塔，卻都成為他們眼中永恆的仰光。

南方

首次踏上馬國土地，是因為到吉隆坡開學術會議。三月的台北，風吹來還有點冷，沒想到一出機場，就熱得連薄外套也穿不住。幸虧臨行前查好一周氣候，最後決定以一個小登機箱的夏日輕裝解決五日穿搭。其後歷經每日汗水淋漓的田野行程當下，暗自僥倖自己真是做了太聰明的抉擇。

馬來西亞是一個充滿印度馥郁香氣和色彩豔麗的地方。

懷著虔敬與好奇的步伐，我們踩著彩虹色階登上黑風洞一探究竟，近三百階的天梯著實考驗我們這群平日窩在研究室深居簡出的文弱書生。旁邊聳立一尊金色興都教巨型神像，入口旁神龕上各種神像與坐騎雕刻細緻，同樣色彩繽紛。但聽說原來不是這樣的，印度教通常每十二年會有一次奉獻儀式，會重新妝點印度廟。所以即使是歷時悠久的印度廟，在每十二年一次的新妝洗練下，看起來都是亮麗如新。黑風洞的彩漆，便是在這次奉獻儀式恰逢馬來西亞國慶日與獨立六十一周年紀念後的成果。

沿途我們被嚮導叮囑千萬藏好食物，否則會被路上的小獼猴們搶食。黑風洞的印度神龕、階梯與廟堂皆依山成型，不曉得是否是宗教的慈悲，這群山林嬌客自在擺盪、攀附在廟宇塔尖，大猴牽小猴，母猴腹肚掛著小小猴，自由穿梭在遊客往來的階梯裡覓食，也無人驅趕。有人的寶特瓶飲料一時不察被抽了個空，然後我們就看到猴王開瓶的精湛演出；人與猴在這裡維持一個微妙的生態平衡，不像台灣在公路與石虎只能捨棄一方。人為建築原來也有和自然共存的可能。在彩虹階梯後方是積年累月的鐘乳石洞，略微潮濕的壁畫展示著一則則神話故事。洞穴遠方一絲天光漏進，頗有一線天的感觸，若有僧侶前來參拜打禪，或許真能獲得天啟吧。

原以為我與馬國的緣分，也不過是遊客般的賞遊相遇。沒想到很快通過另一個學術交流計畫，暑期又飛往馬來西亞另一個濱海城市。七月的台北正值溽暑，沒想到抵達檳城海邊的喬治市竟是適合避暑的天氣，海港夜晚有涼風，讓人忘卻熾熱的仲夏。充滿早期華商拓墾遺跡混雜印度廟、英殖民建築地景的濱城和吉隆坡給人的觀感大為不同。在馬來西亞，當地人與華人混血的男子稱為峇峇，女子則為娘惹，檳城人的生活是走在歷史裡的文化疊加。各種族文化色片相交疊，照光之後透出一片色彩紛呈，難怪薄荷綠的娘惹博物館內裡，活潑的色塊繽紛跳躍。華人甲必丹鄭景貴故居在重整之後對外開放，金漆匾額上刻以「榮陽」墨字實為「滎陽」筆誤，匾額背後表示族人未曾遺忘鄭氏血脈。一入門，陽光從天井流瀉，照亮整棟樓房，與木雕圍欄相互輝映一片金光燦燦；英國花磚地板上是傳統中式木雕嵌貝家具。鄭景貴身為馬來亞錫礦業巨子，不僅倡建會館、興辦華僑學校，更被英國殖民當局授予「甲必丹」職銜，做為當地華人領導。可見這些華商當時顯赫一時的政商關係。踏上斑斕多幾何重組的花磚，走繞過精工雕刻漆彩的木屏風與中西瓷器滿布的梳妝台，我才感受到「富麗堂皇」這一詞的實感。

讓我駐足良久的是女主人的房間，除了雕花細緻，打磨光滑又具古典的鏡台，上面陳設了各式經典老牌花露水、西洋香水與粉盒；雖然略顯陳舊仍不減精品的氣質。各式蟬翼般薄絲翩翩的傳統服飾繡工精美，我眼光最後停在老式縫紉機一旁的沙龍架上。花樣紛呈的沙龍，其中一條花色讓我感到十分熟悉。後來我想起那是小時候看熟的，外婆身上的一件沙龍。竟是同樣花色。

彷彿是一種預示，又或許是上天有什麼訊息想告訴我。後來我們參觀了一些華人同鄉會館，其中有一間主要的華僑原鄉地是台山。我小時隱約從大人們的對話曉得家族是從廣東台山與新會兩支組成，但第一次在外地聽到有人與我們講一樣的台山話，還是升起了某種難以言喻的情感波動。

回到台灣之後，某次晚餐與外婆聊起這件事。她顯得十分驚訝，問我：「不是香港講的那種廣東話嗎？」我說對，是台山話喔！而且我終於知道周圍只有我們家在拜的大伯公原來真的有廟。會不會某個歷史時刻，我們家族其實有可能在某一代先祖的另一個抉擇裡，漂到檳城生根？然而，我最終出生在台灣，而不在馬來西亞或新加坡。在台灣的廣東人，其實也有一小撮與我們說著同樣話的親友，可是連來連去都還是遠親；在華新街與我爸媽同為緬甸華僑的，好像也有一部分是。但長大後，離開那個市場圈，所能遇見的同類就愈來愈少了。

我突然好奇起自己陌生的家族史，是否和這海外的南洋華人史有所關聯？

於是後來和外婆斷續聊天，才發現原來她與外公也是緬甸華人木材批發商之間的家族聯姻；有點像檳城華商相關企業家族聯姻那樣。一個二十歲不到的年輕女孩，瞬間因為媒妁婚約，被送到未曾謀面的新婚丈夫家，惶惶不安地成為大家族裡的傳統華人新婦。難怪她對此總是多有夢魘與埋怨。那是個家族決定個人命運的時代，但更大的陰霾是抵擋不了的歷史洪流。緬甸在一九六二年軍人獨裁之後，當地經營良好的華人家族事業瞬間收歸政府，他們從中產階級頓失所有；從天堂墜入地獄。

人生有時是這樣，地獄之中還有地獄，下抵十八層。

誰也沒料到，一九六七年緬甸因為民族情緒高漲開始嚴重排華，搶奪殺掠在軍政府的漠視下已失去秩序。華人不得不開始逃難，躲避當地人的攻擊。母親說她的四姑一家人在這段期間，日子過得太苦，在華人備受迫害驚慌，而共產黨即時鼓吹保護華人的論調下，不少人被誘返大陸；結果不幸遇上文革開始，景況變得更加慘烈。就我媽的說法，他們差點一家子死在路上，好險天可憐見，後來及時被人援救到香港存活下來。直到後來我大阿姨在戰後去香港工作，才和失散的家人團聚。

我還記得母親說她小時候的公寓，隔壁棟三樓因為懸掛著醒目的美容院中文招牌，旋即招來攻擊；一群反華人士衝進已人去樓空的美容院，把一干貨物砸毀拋出窗外就地燒毀。等到他們來到外婆家那棟樓時，二樓的緬甸鄰居趕緊說上面已經沒有華人了，並證明四五樓的住戶都是回教徒；此時我母親一家人正戰戰兢兢藏身三樓住家廚房瑟瑟發抖，未敢出聲。聽說後來唐人街的衝突更加嚴重，華人攜家帶眷四處流亡，有的被殺、有的自殺，軍人也不時在住家街道逡巡駐守。

但幸運的是，母親他們從緬甸排華慘案中倖存，最後在仰光一角，懷抱存活的希望絕處逢生，在一無所有而貧病交加的處境裡，重新安身。仰賴外婆清早推車賣廣式點心，下午賣手縫的小孩服（天啊，難怪我跟我妹小時候都有一件紅色小洋裝），許多個寒暑不絕，才努力撫養起六個小孩。期間外公還有著嚴重胃病，後來割除三分之二的胃袋，導致日後食量如貓，過食則嘔吐。他依然是個能講笑話的樂觀老人，可是沉重的生活費與醫藥費都落到清瘦的外婆肩上。當然也少不了孩子們母雞帶小雞的協助，大姊與二姊（母親）在半工半讀的情況下，辛苦照顧後面的弟妹們，艱苦的完成大學學位。雖然窮，但我外婆對於孩子的教育一點也不馬虎，後來我考上博士班，她可能是家族成員裡對此感到最開心的。未曾受過完整教育便嫁人的遺憾使她相信，無論如何都要咬牙讓六個孩子都能讀書。

終於熬到我母親大學畢業，適逢台灣僑教政策，她順利申請到台師大，飛來台灣念第二個大學學位，獲得分發教職簡直是天賜的養分。我想，當初抱著嘗試到外地一拚運氣的母親，或許也沒想到，她從師大畢業後會認識同樣是緬甸華僑的廣東人，我父親；這一立業成家，一晃眼就是三十多年光景。而我與妹妹呱呱落地，成為根植於此的新台灣人。

我無能曉得是命運的召喚，還是內心隱然的呼喊。走上文史研究這條路，讓我不得不去翻閱經歷一片又一片曾經知識空白的新大陸；從中國史、台灣史，一路觸及南洋史，學術之路引我遇見家族史的可能。童蒙時期斷斷續續聽到的隻字片語，都是曲折零落的歷史記憶。小孩不懂，大人不說，直到等我長大，有些人與記憶都已遠去，家族史的版圖卻愈發清晰。

說好家族故事，從南洋開始。

從檳城帶回的那片葉脈銀墜，此刻涼涼緊貼我胸懷，那些隱而未顯的血脈史，正等我用未來的人生慢慢考掘。

輯二

人間土壤

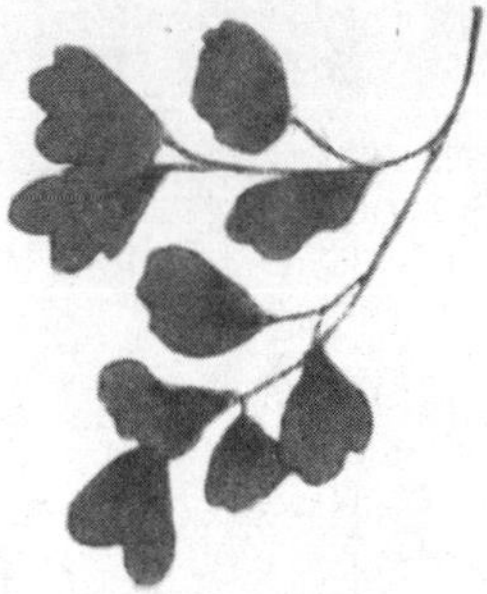

多肉

不知道從什麼時候開始，養「多肉」變成一種很潮的事。

某個午後，我漫步在地下街，無意間停在一株熊童子的櫥窗前，凝視良久，恍然領悟療癒感從何而來。一瓣瓣胖敦敦的葉片像熊掌，燈光溫溫照拂，細軟絨毛讓人感受到最親暱的安撫。

一談起多肉，腦海彷彿充滿各種萌呆盆景。文青療癒風的文化氛圍，讓「多肉植栽」猛然異軍突起，成為一種商品類別，陳列在購物網站。咖啡館的植栽總少不了多肉，各種手工設計飾品更研發出仿真多肉捏陶。真假相涉，虛幻若真，人生竟在這樣幻設的形象裡這麼輕易獲得救贖，難道不是意味著日常太多無形擠壓，讓人不得不轉向微小植物追求一絲新生？

此刻，我站在玻璃窗前，看著溫室以濕度平衡細密護養著的熊童子，聽著銷售員鉅細靡遺講授如何悉心照料多肉植物。想著，同樣是多肉，那株在我家陽台終年不斷蔓生的石蓮難道是棵異數？

兒時記憶裡的多肉不會這麼嬌貴。它甚至是一種食物而非微觀裝飾。這要從我愛花如痴的大伯說起。早在一波自然民宿花園風潮掀起之前，大伯與伯母已把自家的庭院和屋頂都布置成天棚小花園。印象裡，他一直是個與土為伍的人。小時很常看到他在前院的小土堆拿著鏟子東挖西挖，說是每季翻翻土，花和樹才長得好。他是那種走在山邊會隨手摘下一朵小花，讓你吸吸花蜜的人。有一次，他讓我到花棚挑選喜歡的花，說要送我一盆。只記得自己當時很興奮跑向一片花海漫布的園圃，卻一時驚慌起來。從小就有選擇困難症的我，對於眾多選項突然湧現，霎時感到十分焦慮。在臉頰微微發熱的困窘情緒，隨手指了指角落邊遠遠看起來灰撲撲的石蓮花叢。走近細看，石蓮粉綠透紫的特殊色澤像籠罩一層紗，葉面重疊交錯向外展開，像一張捕夢網。

大伯爽朗笑道，「你可真會挑，這是好吃的啦！」他明快摘下幾片石蓮葉進屋沖洗。不久，我茫然盯著一片肥厚的葉片，遲疑輕咬一口，輕微清脆聲響，口內湧出酸澀汁液。葉片在反覆咀嚼的唾液中轉為甘甜，或許有點像沒那麼甜的蓮霧帶點草本氣味。這個視覺與味覺的落差實在令人衝擊：「竟然像蓮霧?!」大伯在一旁笑瞇了眼，滿意點頭：「這一片可以長成很多花喔，你賺到啦！」他把一枚石蓮葉放到我掌心。看著葉片豐腴肥潤，我偷偷對它說：「初次見面啊，以後請多多指教。」這才想起，我第一盆豢養的植物，原來就是多肉。

想想也太不可思議，母株待在臨山而濕霧環繞的沃土花園，它有想過未來竟有部分的自己將分株到喧囂的城市陽台嗎？但它果然不負眾望，在城市長得異常健壯，一朵生出一朵，朵朵連城。幾年間，一枚小如指節的石蓮葉，已在我家狹窄的小陽台長成一小叢石蓮花園。

好奇怪呀，為什麼人愈長愈大，某天卻突然驚覺自己從一片石蓮活成一株熊童子了呢？小時候總以為人生的藍圖應該像石蓮，找到一片目標之葉，努力天天曬曬陽光、澆澆水，就能一片接一片，順利開出層次完美的花形了吧。但計畫永遠趕不上變化，現實總像風，只會一掌掌時不時劈哩啪啦交錯打在你臉上。久而久之，你便漸漸長成一株異常害怕受傷的觀賞用多肉植物，習慣藏身在一個小真空透明瓶，化萌呆為保護色，安坐在與世隔絕的小宇宙裡，保存自己。

有時生活環境更嚴酷如沙漠，不得不把人逼成一球仙人掌。

我常常忘記，在療癒的形象之外，布滿荊棘的仙人掌其實也是多肉家族的一員。多肉變成了多刺，柔軟的絨毛不再，長短粗細各種尖刺卻應運而生。

肉，歷經日日磨擦長出厚繭；可是繭與刺，都以它們的倔強包覆最弱軟的心。

嘿，你看過仙人掌花嗎？對噢，它會開花。

我曾有過一棵圓胖的短刺仙人掌。數年如一日，外型單調讓人誤以為是個擺設裝置。但在某年春天，它突然從邊緣抽出小綠芽，內裡捲藏一點光亮。我始終不能忘記那天早晨，日光斜倚的陽台上，出現一朵大如掌心的仙人掌花。花瓣浸透著日光，豔黃如火卻薄如蟬翼，此刻，她正金黃飽滿綻放著最深沉的溫柔。

那一刻，走過那麼多個盛夏與酷寒痛苦的記憶，此時都雲淡風輕了。

樹洞

也許是幾年前在名古屋城看過一堆堆橙紅金黃錯雜的落葉堆，每次來到九月，總感覺要迎向一個蓬鬆的秋季。你會想像麥浪與橡實在風中搖晃，一隻松鼠撿過落下的果實跳到落葉堆裡藏匿，以待嚴冬。地底下總有一座繁複的迷宮，包藏各種橡實、果物與幼蟲；豐收的季節，你卻像一隻懶蟲，老是容易餓，總是等待宵夜時間被餵飽。不過這畢竟是在房間做夢抖出來的空間，太不切實際了。除了跑去奧萬大賞楓之外，被日常瑣務困在這濕熱的城市裡，還能等到這樣一個蓬鬆慵懶的秋天嗎？松鼠是隨處可見的，不過市區綠地的小傢伙們可能沒有橡實，只能收集人們餵食的落花生。

在研究室讀書的時候，有時會聽到窗邊有奇妙的響聲。松鼠會發出嘎嘎嘎的叫聲，把文學院的木窗檯當磨牙器。聲波頻繁到打斷課堂授課的頻率，讓教授也停下來笑說：「他也想來上課？」剛好我們談民俗裡的飲食，我想牠大概也受到秋之食慾的吸引。有時我想，他們捲著澎澎尾巴跳走的時候，會不會其實是去了另一個世界覓食？

小學的時候，每個人都擁有自己的祕密基地。

大家會不約而同在老榕的大小樹洞裡私藏東西，諸如小字條、香水粒、寫滿小字的橡皮擦，趁人不注意的時候，偷偷跑去把頭埋在樹洞裡，向大樹傾訴自己的煩惱，順便偷偷講一些別人的祕密，紓解憋著難受的情緒。然而，樹洞不是恆常存在，這是升上高年級的我們學會的事。無論師生花了多大的力氣寫信連署，向校長上書，欲極力搶救這棵熟知眾人祕密的老樹，最後也只能眼睜睜看著工人轟隆隆扛著機具闖入我們熟悉的校園，把多人才能合抱的大樹攔腰鋸斷。退休的老樹終於橫躺下來。貨車拉著一尾煙塵，把木屑連同我們的記憶都帶走。老樹走的那天，班上同學們都異常沉默，彼此心照不宣，那個充滿我們祕密的世界無預警消失了。無以名狀的悵然若失，卻沒人說得出為什麼。

人不可能沒有祕密，可是已無處可去。

祕密的魅惑，來自窺視他人的快感和吐露的壓抑。極度想訴說，卻被道德綑綁在舌尖的慾望，造就了「樹洞」的存在。對說話人而言，樹洞是隱祕安全，穩定的存在。可是一棵樹有洞，必然表示某處已經被蟲蛀成了空心。祕密的話語必須仰賴樹的創傷去承載。每承擔一個傾訴者的重量，創口邊緣的皮屑就多剝落一層。層層剝落，直到木心裸露，枯竭毀壞，人們會再找尋下一棵樹，刨出新的樹洞。這是個看似以傷換傷的過程，但無法再生的空心，卻穿透眾人慾望。人們窺探未知，既迷戀永遠獨占，又渴望在某個時刻被揭露。

矛盾的以心換心。

把祕密以私語擴散出去。

蔡素芬小說〈藍屋子〉描述一個男人無意間在古董藝品店買了一幅畫。夜半時分，他微醺凝視著這張畫，彷彿裡面的藍屋正隱隱召喚著他。他順勢伸手觸碰了房屋的獅頭金屬門環，竟推開了進入另一個世界的門，發現一處充滿寶物的無人之境。獲得資源處女地的開始便是人性貪婪的考驗，藍屋裡的東西一件件被變賣；直到有位神祕的女人出高價收購連接兩個世界的關鍵——門環。但最驚悚的地方就在這裡，男人賣了門環之後，才驚覺他把手機落在藍屋子裡了。他不斷焦慮地撥打手機，對方接起，那「喂」的一聲竟成為男人崩潰的最後一枝稻草。結局停在這個高潮，暗示現實世界的詐騙者瞬間被打回原形。留下一個空間，讓人不禁猜想，真正的物品主人會向他的親友告密嗎？男人終於愧疚懊悔了嗎？祕密空間不斷延伸的罅隙裂成一頭獸，無聲將男人吞食。

無人知曉的地方，原來是有人的。

男人沒有問過藍屋子的主人，而我們，又問過樹了嗎？

過多無饜足的垃圾蔓生滋長，樹為何要平白承擔這些？

意識到這些的時候，生活裡的樹洞已離我遠去。一如我離開那些成為樹洞的日子。聽而難言，只好不斷遺忘。直到自己被自己忘記，然後驚覺樹終於會因為擴大的創洞死去。摸到底線的土壤，才能重新植芽。我想活成一棵有自我意識的樹。

我一直很喜歡撫摸大伯房間裡長年懸掛的一幅油畫，指尖沿著顏料突起的筆觸，像人物模擬器，一路順著落葉小徑摸到林蔭深處的小木屋，再過去是一條河與瀑布。裡面的你，渴望被清水沖洗。畫裡的時間，永遠靜止在晚霞。我不只一次次想過，從畫下的沙發入夢，走入那片森林。人生那些醒著如惡夢的時刻，何妨沉沉睡去。只要能逃離，去哪都好。你懷疑，還有比現在更暗的地方嗎？想要遁逃到平行時空的渴望，使人著迷。然而我哪裡也沒去。即使現實世界扭曲得讓人發狂。然而我哪裡也沒得去。

大伯說這幅畫是一位聾啞畫家送他的。有時看著這占滿半片牆的森林，那些每個想進入畫裡的時刻，或許已極度逼近畫家創作當下瞬間的意念。一條路的展開與消失，光影的燃起與滅盡，藏著時間於內在維度。禁絕外界聲音的時刻如真空，隔一層膜觀看，影像浮顯。藝術靈性被觸發的瞬間，你突然感受那些現實的愴惶和焦慮都被懂得。彼此相對最剛好。

樹洞是包覆。

我在的地方只有你。

跟著貨車失去的，從來不只有樹。

沒有樹的時候，有鎖頭的日記本在小學生間掀起一股流行。我們也寫交換日記，可是大家在字裡行間都掩飾得很好，都很清楚哪些話對誰說，哪些話不說，可是點到為止的訊息已經很多。誰都曉得真正的祕密藏在有鎖的那本。可笑的是，根本無人會去解鎖。當我還只是個不會失眠，愛做夢的小學生時，我在裡面寫下小說，想像應該有個人人會使用魔法的異世界，所有困難都可以仰賴魔法解決。抽離現實奔野馬的小說當然寫不下去，沒有困境的人生最終也會變成困局。一場沒有終局的遊戲，只會迎來絕望。

我無法忘記《挪威的森林》裡那一片草長及腰的大草原。日常，就是你明明知道目的地在遠方，可是你總在蜿蜒前進的過程中迷路，活成一個現實與夢都無怨無悔的路痴。一望無際的高草原，再謹慎都會在途中無預警踩空，沒入深不見底的黑洞裡。有些人被浮草推起，握住岸邊伸下來的掌心，再次歸來；有些人則一路往下墜，沉到地核內裡的世界，再也不醒來。

你無法不前進，可是誰也說不準哪個世界更好。

就像不斷變身的千面女郎，命運的膠卷推促你不停往前方筆直跑去，迎向逆風，蛻下一層又一層的皮；跳接過一場又一場新的人生場景，戲裡每個角色都像自己又不像自己，卻每次都流下真實溫熱的淚。

那未消失的餘溫，也許才是真實活著的時刻。

無憂樹

二〇一二年跟隨學校學術交流團來到東京大學的山中寮宿舍。山中寮鄰近富士山腳與山中湖，被高聳挺拔的杉木與闊葉木層層環繞，山道深邃，使人感覺森林漫生延展的歧路與遠方無盡。我在台灣偶爾與家人走過幾次森林步道，印象裡，除了玉山森林公園之類的高海拔山域，樹木很少如山中湖的林木挺得像幾何直線點上些許綠彩。前後左右的樹幹彼此平行往視線遠處延伸，景深拉出一條祕徑，陽光篩落葉隙，美極，像螢火迷宮。

某日午後，我與學姊偷偷脫隊，從宿舍後方繞過光影交錯的密林小徑去探險。八月的東京，即使被山林庇蔭，仍不敵長時間豔陽曝曬滲透的酷暑。但日本的熱並不如我熟悉的島嶼那樣濕黏，踏入日光像走進大烤箱，每分每秒都被蒸散掉一些。樹林則使人放鬆，每一棵直挺挺，彷若相互複製的樹，皮質上細微紋理都不同。草本木質味在空氣中飄散，被枝葉掃過的身體，彷彿也被淨化。許多當地神社建在森林，大概也是因為這種遁入結界的療癒感。遺世獨立，返影入深林，通過鳥居，你來到神的境地。

走出林外一角，我們突然發現座落於森林深處一間小木屋。木屋牆上一顆顆狗腳印裝飾與木製招牌上寫著「無憂樹」，那是一間咖啡店。店主人五十嵐ひろみ小姐是位愛狗人士，店裡陳列著她與店狗狗們的合照。為了紀念前店狗アントン（Anton）在亡故前的陪伴，ひろみ懷想著牠的身影，提筆寫下懸疑小說奇譚《亀戸妖犬伝》，彷彿寫著讀著，愛狗就能在小說裡繼續陪她一起前往未知的冒險。而她的另一本小說《千石屋お奈津犬連れ日帖》，寫的是一隻大狗狗活躍在江戶時代的冒險故事，主角就是我們當時遇到的店狗ニィナ（Nina）。

ニィナ是隻皮毛蓬鬆雪白得像北極熊的大型薩摩耶犬，鼻子粉嫩、個性親人，抱起來柔軟像大玩偶。牠多數時候在咖啡店外的小圍欄閒散活動，蹲坐的時候化做一團絨毛雪球。告別ニィナ，我與學姊點了滋味酸甜的櫻花冰淇淋，交換聊著彼此各自看似不在乎卻也有點傷感的灰燼戀情。我們遠離他方，尋一片未知的森林，最後坐在「無憂樹」裡談心，成為彼此日常之外的樹洞。

日語不夠好的我，始終沒問ひろみ小姐為何要在富士山麓林地裡種下這株「無憂樹」，我總覺得這樣一間人來人往的山中小店本質上很像《深夜食堂》那個神祕的空間。每個人帶著生命的煩惱到來，但可能卻在共食某些餐點的過程，從品嘗美食消解了人生苦味。

「無憂樹」對當時的我來說，可能是人生及時的生命中繼站。幾年後，還等不到我二〇一九年回訪東京，我卻提早從學姊那裡得知ニイナ離世的消息。我突然了悟人生中的無數短暫告別，都可能將是永別。

希望我還能記得曾與自己擦身的那每一棵杉木枝葉交錯的間隙，路邊小徑那些紅紫垂首，半圓毛茸茸像粉撲的富士小薊，富士山前緊緊跟隨踏板遊覽天鵝船而吵架的黑白天鵝，以及柔軟的大白熊ニイナ。

畢竟人生該忘掉的事，總是比想記得的更多。

蛙與芭蕉

某個時刻，悶在現實壓力喘不過氣的人們突然在虛擬的旅行發現療癒出口，「旅蛙」於是不可遏止的竄紅起來。它其實是個好無聊的遊戲。玩家像個囉唆的媽媽，幫孩子準備一背包看起來滿健康的食物，蔬菜三明治、南瓜貝果、彩椒鹹派，同時幫他備好帳篷、提燈等旅行工具。後來我無意中讀到一篇報導，曉得原來這是一個家庭主婦設計的遊戲，青蛙像妻寶丈夫，時常出門遠行，回家又仰賴妻子備好飲食必需品來重啟下次旅行。苦守樹屋等待旅蛙帶明信片回家的玩家，頗有閨怨的味道。我才從中領悟，原來在已婚女人眼中，丈夫和小孩也是與蛙差不多的生物，時而粘膩，時而可愛。然而無論你的蛙是小孩或是丈夫，唯一不可逆的是，他一定要遠行。下載這個遊戲的你也期待趕他去旅行，催促他快快從遠方寄明信片和伴手禮回來。蛙的日語かえる和歸返是同字雙關。旅蛙的本意就在等待旅者回家。

不離家，就無法回家。

「離開」這件事本質，才是旅行的意義。

這點亮現代人內心終極的渴望。離開吧，雖然你終究要回來。現實生活無法離開的你，渴望有人替你遠離去看世界。我們擅於在各種經歷中製造記憶，並習慣用照片捕捉這些閃爍的瞬間。無論願與不願，人生總得歷經幾次身體或心靈上的旅行。

唯有放逐，才能從遠去的影子裡更清晰看到自己。

我們需要重新對焦的距離。

持續拉遠的長鏡頭會把太近的畫面重新納入它該有的秩序。對焦，意味著我們必須要減去更多雜蕪枝蔓的東西，更專注去觀看重要的核心。有什麼能像電影鏡頭那樣，模糊背景而讓主角浮出呢？我突然想起松尾芭蕉的俳句。旅蛙之所以療癒，是因為它讓我們發現生活裡原來有片段停頓的可能；而松尾芭蕉的俳句，則讓我感覺到，減法的留白能把生活的禪意推向極致。他有一首知名的俳句是這樣：

古池や
蛙飛び込む
水の音

因為漢字的緣故，你很快可以感受到一個安靜的畫面，也許在林子深處或寺廟旁邊，有片古池塘，一切寧靜得像時空靜止。突然一隻青蛙飛躍跳進，噗通一聲，擾動了水，在幽靜裡撞出一片回聲。這麼簡潔的三行，卻包含了一個靜中有動場景，同時投射旁觀者隨著蛙而被擾動的心情。在《奧之細道》裡，更能清楚感覺到芭蕉做為一個心境透明的旅人，他用簡練的文字記錄石縫裡的蟬鳴，隨風逐雲浪跡各處，觀水望月，測量離去的時間。窩居在自己的芭蕉庵裡，也不過只是靜靜聽著秋颱摧葉，讓瓦盆承接著漏水滴答響，徹夜聽雨。你說，這也太無聊了吧？下雨不就是很平常的事嗎？我曾經看過有文章說松尾芭蕉之所以改名叫「芭蕉」，除了他家門前那一株顯眼繁茂的芭蕉樹外，更是因為芭蕉葉易破的特質。

大家都愛圓滿，芭蕉卻愛破碎。

可是易碎卻直指人生現實的核心。

還有什麼比日常生活更平凡的呢？可是我們天天都難免遭遇意外，或者突然遇上事情破裂的時刻；而這時候我們才想起平時看似完美圓滿的時刻，其實是非常珍貴的，就像芭蕉葉給我們看到的那樣。我們常忽略身邊最初簡單的完整，回過頭來卻得在另一種極簡的空間裡得到救贖。

我彷彿更理解日本佛寺庭園裡的「枯山水」為什麼讓人感覺療癒。一層層在白砂石裡畫出的均衡水紋，圍繞著大小遠近不一的岩石，平行延長；而你細密梳理的砂石時候，思緒能隨線條的迴旋像漣漪擴散下去。九月遊名古屋時，楓葉已經紅了大半，飄落在波紋砂面，像極落花漂河。實際上因為沒有水流，它是靜止的狀態，但看著這個畫面的瞬間，白砂卻在心裡流動起來。我猜想也許芭蕉在那谷寺寫下「石山の　石より白し　秋の風（石山濯濯　岩石白潔如洗　秋風更白）＊」時，可能正在心裡扛起一把耙子，緩慢梳理自己生命中那片枯山水也不一定。

關於日常的芭蕉，或許大家更熟悉的是清代蔣坦與妻子秋芙的雨中戲言。某日這位大哥看到妻子因連夜聽著芭蕉葉上的雨水零落聲悶悶不樂，便在芭蕉葉寫上：「是誰多事種芭蕉，早也瀟瀟，晚也瀟瀟。」偏偏夫妻心有靈犀，這片題字的葉子就被秋芙回了下半段：「是君心緒太無聊，種了芭蕉，又怨芭蕉。」這對夫妻對話實在有趣，說的是芭蕉，講的是人情。丈夫拐彎抹角問了，到底誰惹得我的老婆大大不開心呢？秋芙這一回，白話來說，就是對著丈夫半撒嬌的嗔怨：「吼，當然就是你啊。」你感覺她早已翻了無數大白眼。這是伴侶最親暱的日常時刻。

最後還是得提一提我喜愛的吉本芭娜娜。ばなな就真的是水果的那個banana。因為喜歡香蕉花而取了這個筆名的芭娜娜，也是以日常流水為敘事能手的小說家。她可以把面對人生各種生死難題和憂鬱的時刻都融化在一碗放置在廚房的食物裡，邀請讀者進入自療。有時我們不得不面臨至愛離席，從獲得到失去，甚至是再度失去；其實每個人都有過曾經與死亡交錯的近距離時刻，然而日子依然要過下去。一如每日開伙的廚房，可能吞噬了一些生命，卻讓另一些獲得足夠的養分，蓄足勇氣面對下一次滿月來臨。

等待滿月，是循環，也是日常。

人生其實就是那段永遠未知的旅程。

你往前追，遠端的地平線永遠在後退，會跨過你的永遠只有日光。

踩過你的，永遠只有歲月。

像小時候跟著家人到河邊戲水，好不容易用紙杯撈起了幾隻小蝌蚪回家豢養，過一段時間，牠們長出兩隻細細的後腿，踢著水，輕巧的洄游，彼此擦身。直到有一天，牠們突然從我記憶裡消失。我始終沒有見到牠們變成青蛙的樣子，不知道是在我上學途中，變成青蛙跳走了；還是爸媽終於受不了，偷偷在我上學的時候，把牠們統統投到公園池塘野放。往後某個夏季與男友走在夜幕垂降的公園池邊，此起彼落的蛙聲，好像喚起了過去的一些什麼。

於是我們，仍舊在每個歲末結束後，又向死亡靠近了一點點，偶爾想耽溺在瘋狂多一些些，只為了能夠有餘力駝起未來一串無盡的暗夜，引頸盼來下個自由的黎明。

＊本文中譯參鄭清茂教授翻譯。

山櫻

在這座炎夏島嶼想起櫻花，應該是什麼樣的呢？

小時候跟著家人到陽明山賞櫻，舉目所見都是一片桃紅印象；這和旅遊業發達之後，人們頻繁往來日本旅行時，一片粉白柔嫩的花海大不相同。我後來才從閱讀中發現陽明山竹子湖那些豔麗的小桃紅原來叫「緋寒櫻」，是台灣原生的品種。

在一九〇〇年的《臺灣日日新報》，有位在台灣的日本人寫了一篇〈臺灣の櫻〉，講述自己在竹子湖初次見到台灣原生櫻花的驚豔；不像日本多數類似染井吉野櫻的純白或淡粉，緋寒櫻色澤濃豔如紅梅，還有馥郁的香氣。

這篇文章當然是很有趣的，一個在台灣的日本人，特別跑到深山裡尋找母國的精神之花，卻意外發現島國另一番野地風景。姑且不論他是否帶有南洋異國情調的殖民眼光，總之，山櫻以它獨特的姿態重新被人發現。

搶眼奪目的豔色桃紅與狀似垂吊小鈴鐺的花形，和周圍的綠葉相互點綴，像極了這座活力豐沛的熱帶島嶼。山櫻之所以讓我印象深刻，是因為小學時常在寒暑假跑去楊梅大伯家的四樓透天厝度假；他的小庭院裡有一株樹，茶褐色帶有金屬光澤的樹皮，誘人忍不住伸手觸摸。我知道它總在一二月某個短暫的一周間，突然滿開，一串串的桃紅色小花，像鈴鐺般朵朵垂吊。風吹不響，卻隨之飄零。偏偏台灣北部多雨，昨天還開著滿樹的山櫻花，在一場突如其來的夜雨中，全落在車窗和泥壤，偶爾雜混在鞋印泥跡深處，斑斑似血淚。

從滿開到枯枝，不過一夜。

聽說日本當時萌生將櫻花和國民性與武士精神相對應的想法，是因為染井吉野櫻全數同時綻放又迅速同一凋零的壯觀，千樹萬花瞬間即逝的美麗與哀愁，和獻上一生熱血以成全武士魂的藝術形象就在此刻相疊，變成了日本所欲追求的精神象徵。盛極而衰，不也是一種自然？只是櫻花更具象展演了這個規律。

寫這篇文章的前後，突然在網路上看到一則遺憾的訃告。一位我喜歡的女作家因病離世，她的許涼涼說，「有時我相信，有昨天還是好的」。我們總一不小心就跌入日常埋伏的陷阱，難以自拔。

比如你並不曉得，何時會無預期迎來一場死亡。

如同一棵櫻花樹的滿開與凋零，也會無預警錯時。

誰想過呢？兩三天前還跟你一起說說笑笑，答應要為你做一個畫架的大伯；就一場突如其來的擦撞，幾個小時之內，那個陪伴你十幾年的人就這樣離開了。因為年紀尚小，被大人們層層阻隔在外的我，連最後一面都沒見上；那樣的出血，怕是畫面也不太好看。但沒見證那種慘烈的決絕，怎麼能相信那個人從此就消失了呢？

大伯發生車禍的那個瞬間，我仍在國中的課堂寫著日復一日一張張索然的試卷；沒想到放學回家看到半邊黑下來的客廳與房門，媽媽正放下電話，臉上驚愕與慌亂的情緒交錯變換；發現我到家後，才語發困難地告訴我：「你爸已經到了醫院，聽說情況很危急。」與此同時，我才知道死神並不擇老病，是時機，也是宿命。

往後，我不斷在日常被迫練習面對各種突如其來的死亡。但每次都不能很快釋然，每個生命熟識的他者消逝，就在心裡劃下一道新傷。可是過一段時間，冷靜等待傷心在淚水裡沉澱之後，我突然覺得其實並沒有完全失去他。

十幾年來，我偶爾會想起大伯呵呵的笑聲，和那些在庭院看櫻花的下午。伯父與那位女作家離開的時候都五十上下，正值壯年；老邁也許令人頹喪、鬆弛，或者變得不再美好，可是命運有時不見得有耐心等到你老。

你終於曉得，它有多任性。時間到了，就要收回。

誰也說不準，誰在倒數。

僥倖挨到每年生日，只能想著，活著好好。

不凋花

唧唧、唧唧，聲音迴盪腦海，那麼清晰。半透明毛玻璃表面，幾隻壁虎祖腹滑過，米白身形入夜後似浮雕明顯。此起彼落奇妙的聲頻，為這些嬌客增添存在感，興許是隱喻某種求生之慾，在漫長的夏季，伴與蟬聲耳語，共振在日暮時分。

小時候住的地方依傍山林，清晨總會聞到一股植物的味道。我老覺得那時候時針走得特別緩慢，彷彿白日擁有大把時間可以用來觀察和等待。揮霍、虛擲與浪費，誰也不責怪，那是時間還未被換算成價格的時候，無限自在。

那時不曉得哪來一盆曇花，種在後陽台，有著長長的葉片。不開花的時候，我常看著螞蟻列隊從葉脈經過，黑點點一路連向牆角小穴，隱沒在花牆另一邊。有時我會想像，也許睡著之後，會像愛麗絲一樣掉到一個小花叢，發現自己正在跟抽水煙的綠毛蟲聊天。但其實也不過是個無聊的白日夢。那個時代，不補習的小學生還有時間發夢。學校老師教會你看時鐘，時針、分針與秒針如何以精確的斜角切割你每一天的生活。我學會把一整天放在一片圓餅上計算，每與一個人約定，就等待倒數。可是太小的時候還不曉得失去，從沒想過，原來最初教會我感受「時間」確實存在的，卻是曇花。

原來美麗真的會稍縱即逝，生命也是。

花開花落終有時，但真的要親眼看著花開到凋零的過程，才曉得傷逝是一種再真實不過的生命體會。這影響我後來看世界的時間觀，那些關於失去的日常與無常滿布生活孔隙。人生有時也像微縮攝影，喀擦幾聲，一轉身，我們就失去了手持單眼的那個人，也永遠失去了從他眼中看出去的那個世界。

於是，過往重疊的時間，在這一刻突然顯得刺目與殘忍。

小學升國中的年紀，青春正盛，無預期見證兩位親人，年復一年，相繼離世。初次體認死亡，是你發現每個寒暑假陪你一起挨在微燈下，像顆蠶繭裹毛毯入睡的祖母已然消失；雖然你總以為她將一直是那樣老得自信豔麗，白髮恆常銀亮。少年白讓總是感覺很老的祖母好像早已跨越死亡界線。我們都忘記，那個年年跟年輕人上山健走的祖母，也正在滿溢白花油混合玉蘭鮮花的氣味中朽壞。沒有人真正留意，那返老還童、女孩似的鬧彆扭，原來是時光之流倒反的訊息。一日日頹喪下來的病體終於在年前倒下，無法團圓的一年，讓我理解肉身何其有限。跟著大人不斷摺紙蓮花的時刻，一旁年幼的妹妹仍看著蓮花燈座痴笑，有時候她像想起了什麼，衝著我們問：「奶奶呢？」我其實無法告訴她為什麼到遠方去旅行的人，有一天就回不來了。雖然這是件這麼難懂又直白的事。妹妹看著我們，眼底複印大人的悲傷，然後沒人再提起，直到最後一場臨行告別。

告別式會場，真花假花交錯圍繞靈堂，家人日夜未眠摺出一百零八朵紙蓮花，為亡者展開一條連向未來的路。再過去，奈何都是現實消失的時間。夢的空間開始擴散，掩蓋我們記得的那些。再過去，推著輪椅走向放射線化療室的陰暗長廊，消毒水和金屬床鐵鏽的氣味，還有靈骨塔繚繞不斷的線香刺鼻，終歸煙消雲散。

像樣品屋被靜置的房間，至今無人擅動。落雨前的濕氣會勾出萬金油與白花油相混的霉味，好奇怪，已經不是頭七的日子，但你能想像房間主人坐臥如常，拿起玉杓刮痧的樣子。好像另一個地方的時間也和現世同時行走。從現世消失的人都去了哪裡？被留下來的人，是否也有一部分正在緩慢的死去？我意識到如果無法好好感受生命在活的狀態，仍舊對理解死亡這件事有所隔膜。

活著，或感覺活著，竟是動態的嗎？

我依稀記得家裡曇花綻放的時刻。在那個極短暫最接近美的時光斷片裡，你感受到，生命，原來非常真實。莫約一兩個小時之間，曇花的花苞從微捲膨起，每一毫米，微微慢慢一層層綻放。一切並非瞬間終結，只藏身於你未知的時間，悄悄進行。那些花開的夜晚，窗景都似長鏡頭，每比前一小時更略為張開一點，月色下花瓣潤白，隱隱透著銀光。聖潔如白蓮卻有魅惑，暗香浮動，花萼長睫般錯落在重瓣之間，淡綠細長。看著她的時候，你真切看見了靈魂。往後一小時遲緩的垂首低眉，足夠她低姿態走完絢麗的一生。整個過程，安靜又壯烈。初綻與凋零，是一朵花所能袒露最內裡來擁抱天地的時刻，目睹的人們此時都被生命真誠對待著。

這樣的情感讓我初次在花博看到曇花被製成永生花時，有種難以言喻的，被牴觸和冒犯的複雜感觸。在未曾見到本尊的時候，我一心一意期待著看到花能如何永生。但其實永生花並不「永生」，它只是用最前衛的科技，在花朵生前最美的時刻凍結起來，注入石蠟油，讓她保持外貌看似永恆鮮嫩。在年華最盛的時候，被迫暫停往前的生命時間軸，鎖在真空盒裡，向人展示。

此刻，及其後的光年，她已非生。

非生，意味著所有栩栩如真的假裝都不能讓生命回復到「生」的狀態。就像那個午後接到醫院來電，大伯顱內出血，宣告不治。你怎能相信兩天前還跟你閒話家常的人，與你共處的時間原來已永遠停格在那裡。生命的時間軸是這樣隨機的收線。當時神思未定的我，從每天步行的路上踩過一隻無辜金龜子，甲殼喀噠一聲在鞋底碎裂的時候，我驚覺已遲。遭重力破擊的殼面碎裂，刺進柔軟的肉身。我忍不住想，招魂的車禍現場是不是也這樣？做筆錄的時候，警察說他戴著安全帽。但會碎裂的終究要粉碎，沒有什麼相不相信，命運只是降臨，接下來都是你自己的事。意識同血漿快速流失，醫師說倘若擱淺，他將失去動物性的那個部分。但人類也是動物啊，我吶喊，忽然惶惑想起封鎖玻璃櫃的永生花，感覺驚悚異常。

非生，不如簽一紙契約，讓彼此解脫。

簽下放棄急救的靜默，把所有的不甘都化作我們在枉死城內外的哭喊。入火之前，棺木裡熟悉的面容雖死猶生，然而他笑，從此，家人們曉得如何安生。

後來，我們搬離山丘小公寓，那盆曇花終於物歸原主，回到房東手中。偶爾我在新家夜晚會想起她，可是床頭窗戶打開只剩車流嘈雜的高架橋，塵土飛揚。從記憶中往返賦形，我於是更篤定花博展示櫃看到的根本不是曇花，她的花瓣應該更豐盈水潤，潔白透光，不會這般死寂蠟黃。遊客爭相目睹的，不過是乾枯的遺容。在我們試圖使她永生的時候，我們就注定要失去她。這真是一個讓人感傷的發現。

更悲傷的是，我可能更理解人類想抓住那些什麼的野心與渴望。

在參加完一場大學恩師的告別式之後，身心俱疲。上個夏天才約定再見，卻是用這樣無法再以忙碌藉口搪塞的方式重逢。他是個太美的人，眼光精準透視故事深藏的所有星辰。學生笨拙只能緊追在後，以土法煉鋼，手工緩慢摺起一顆顆紙星星，好不容易剛要積滿成罐的時候，老師卻投身滿天星斗。

長成半個大人，踩在職場和校園邊際的日子像霧，過往你以為早已確定的答案都得揉碎再來。我走回老師曾日日巡禮的校園，突然領悟朱天文《世紀末的華麗》一文中，米亞為什麼會在仰望城市天際線的夕陽餘暉裡，體悟年老色衰的現實。我已經來到小時候覺得老得不可思議的年紀，製作乾燥花，就像一種不甘老朽，徒勞逆抗時間的賭氣。埃及人製作木乃伊，是相信靈魂只是暫離肉身，為了抵抗等待時間的毀壞，掏空所有卻獨留一心，以香料香油填充裹覆，靜待來生。可凡人的眼耳口鼻只能活躍於現世，經驗告訴我，香氣與色彩終究會在有限的肉體時間裡褪散；所謂華麗，永遠只存在於每個消失前的世紀末。你知道萬物無可避免走向消亡，所以青春如此珍貴。

雷雨後的校園一碧如洗，除了微濕的裙襬仍冷涼透肌，彷彿午後一場暴雨不曾存在。就像生命裡那些來來去去的人，對世界來說，一切降生與殞落循環如常，只對身旁親密的人有意義。

但這個意義已足以作為你唯一存在和記憶的理由。

沒有誰的身體不往崩壞的那邊傾頹，一切自然。我們缺乏的，只是面對生死如常的勇氣。每次搭乘飛機，我總希望在夜間飛行。等待機艙暗下來的時候，偷偷望向窗外，看地面上點點燈光連成一片星網，隨飛機升空逐漸縮成一個光點。好像我即將前往某個遠方的同時，有些東西還被留在靜止的時空裡。就像我們會相信，離開的人將會在世界的另一邊，重新出現。
而我，彷彿就是為了某個重要的重逢，所以才不斷努力接近著，一生唯一的凋零。

鹿與山羌

第一次知道鹿，是小時候亂翻繪本發現的。那是一個關於九彩鹿的神話故事。一向仰賴圖像記憶的我，只依稀記得畫面停在鹿身被一團光圈裹起，外圍燃起綠橘紅藍彩色的一圈焰火，把獵人的箭簇阻擋在外。這隻每每搭救落難者的美麗神鹿，終究被人類出賣。雖然聖光能輕易鎔蝕箭簇，人類因貪慾流露出的明顯惡意卻更加刺眼。

身而為人，我很抱歉。看來有點濫情，卻也真實感到愧疚。

人類總是毫無意外的惡意外露，同身為人，很難不對世界感到抱歉。不曉得小時候的我，是因為感覺太難受，還是想逃避人類的罪責。我用蠟筆和拙劣的筆觸畫了另一個關於鹿的故事；在我的世界裡，牠只是一隻善良但再普通不過的一隻鹿。一隻平凡的鹿，一點也不神。牠所擁有的一切都不珍貴，這樣的話，就可以自由快樂到處奔跑了吧？

但顯然人類是善於趕盡殺絕的萬惡之首。長大之後看過無限崩塌的山木與叢林，保育人士怎樣都喚不回的千萬生靈，讓人性蒙上一層暗紗。我們失去了沒有慾望與目的的純然歡愉，必須得從別人那裡獲得什麼才甘願。我們失去了像嬰孩那樣純粹快樂的大笑，也不再看到精靈揮動他的翅膀。

我又想起繪本裡的那隻鹿。當時不能理解九彩鹿在畫裡為何變成一片純白。嚴格說起來，那隻被光芒籠罩的，是一隻白鹿。這時候我突然有種領悟，卻不知是否準確。擁有一切力量的，其實是最簡單明亮的；就像光譜裡飽含所有色彩的光，竟是色相為零的白光。雙眼不被慾望遮蔽，反而清澈透明，得以照見前方。

有路前行，牠無所畏懼。

這個遠從北魏敦煌莫高窟一直流傳到現在的佛經故事，竟讓我從繪本裡記憶了二十多年。我始終記得那隻被包圍在光環裡的白鹿。印象過於深刻，以至於我後來在農場以及友人在奈良面對那些看似餓極，踴躍前來搶食的梅花鹿群，不禁有種恍如隔世的荒唐。我終於見到真實的鹿群，牠們想吃就吃，毫無顧忌大嚼特嚼，這才是鹿最自然的面貌。牠終於回到平凡的模樣，毛絨絨，吃飽飽，漫無目的四處奔跑。

還有另外一種也是鹿科的動物，我們一般並不會想起。直到有一次訪談工作與一位山羌女孩相遇，我才真的開始認識這種比鹿體型稍瘦小，但在山間更加靈活跳躍的小生物。可是悲慘的就是，因為牠不像梅花鹿擁有高知名度；外表上樸素許多，加上牠從保育類動物中除名之後，有時也不小心變成山產店的野味。膽小溫馴的山羌，就算不被人吃，好像也很容易被其他掠食者吞下肚。

可是這樣一種奇妙的生物，為何成為森林少女L的標誌呢？聊天的時候，她總說自己怪。被列分在鹿科的山羌，卻不是人們一想起鹿就最先想到的那個。害羞而喜歡藏在森林裡的山羌女孩其實比她想像的更為勇敢，她擁抱了那個不那麼光亮的自己，跳開人群，一無所懼投入自得的快樂。

眼球渾圓如鏡，透視同族的微小世界。

那裡有鹿，自在奔跑。

輯三

緩慢生長

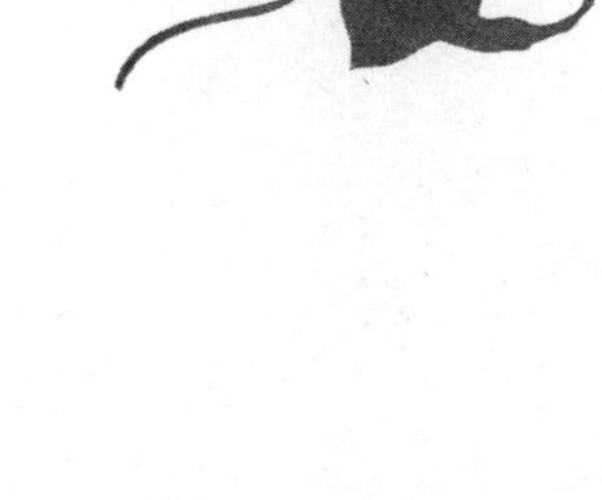

貓

有時候我覺得自己是一隻貓，或者，其實上輩子是貓。

喜歡獨自漫步在街頭，讓自己隱身在街與街之間交疊出的暗影，從熟悉的地景出走，自我放逐。想像自己變成晃悠於城市街角那些眼神發亮的生物，義無反顧去追逐某些輕如塵埃的事物。

中學以前的我，未曾在生活經驗裡與這種神祕生物接觸。對於「貓」的印象不外乎是卡通與童書裡慣常刻板的反派角色，狡獪、邪惡、詭譎，一切都似未知的神祕。直到生命中第一隻貓撞進我的生活，我才開始真正認識此一族類。

終日困守大廈門戶的都市小孩，對這種瞳孔隨光影變幻莫測的生物存有太多好奇。咪咪原是一隻流浪貓，在大雨滂沱的夜晚路倒在泥濘，奄奄一息。正巧被回家的大伯遇上，一時心軟，把牠撈回家。伯母用溫水清洗這團毛球，毛色在水流下一點一滴回復，黑色之下裏有一絲米白，原來是隻黑背白腹的長毛貓。興許是沖刷力道過於刺激，這隻驀然被驚醒的貓，狠狠反咬人類一口。這一咬，人貓兩驚，往後各跳一步，溫馨梳洗瞬間變成緊張對峙。

原來貓是野的。

我這麼想。可有趣的是，大門敞開，牠暫且也不離去，只等著人類遠離，才訕訕趨近小碗吃食，飲水與奶，小心觀察人類一舉一動。倒是伯母緊閉門窗的時候，牠偏要想盡辦法從縫隙遁逃。貓可馴，但要看牠的意願。

我不斷觀察咪咪，時而拱背驚慌，處於高度警戒；偶或蹲伏於家具邊角，留一雙靈動瞳孔，閃爍在暗處，蟄伏等待，像重溫野獵生涯。過一些時日，牠開始會向人類柔軟討食。幾聲嗚咪吳儂軟語，配合側身翻滾，袒腹撒嬌，雙眸杏圓無害，一掃日前淩厲。人貓總算干戈暫緩，尋得相處之道。

牠常在午後縱身一躍，以絕佳平衡立身於鐵窗平台，向遠處眺望。幾個小時，如如不動，化為一座塑像。我意識到，這種動物所隱藏的情緒十分複雜。不像狗，喜怒形於色。順著牠的目光看去，除了侷限的窗框風景，難道還有什麼？在一個寒冬，牠窩在我身上取暖，喵了一聲，我們四目相對，我確信歷經十多年人間歲月的咪咪在細微的呼嚕聲裡，有牠環抱的祕密。在那個總座落相同位置凝視遠方的絨毛背影裡，必定承載某些生命記憶，以至於牠必須持續跳躍遠望，回應召喚。不斷重覆迴旋的姿態，如走過歲月歷練的老者，期盼從循環的動作中贖回記憶。每一個跳、躍的律動，都指向往昔流金歲月。

從那時起，我深信每隻貓在目光流眄間，都暗藏故事。對一個閱讀狂熱者來說，故事，是多迷人的存在。大學時期，我開始著魔似地四處搜尋每條大街小巷裡的貓咪咖啡館，想從各種或坐或臥、花紋虎斑、黑白黃灰的身影中，追索每雙澄澈眼眸中的心事。

日復一日，我終於成為一個無可救藥的「貓奴」。

這「奴」字說起來，對我而言不算對於寵物的情感依賴，但我無法克制自己不去注意各式各樣經過身邊的貓，甚至包含給我「貓類」感覺的人。這類人，不善於言詞，但你曉得他的眼神隱藏很多故事，並流露更多無聲訊息。他不與人群聚，對周遭充滿漠然與警戒，卻是最怕寂寞且易於受傷的靈魂。那樣的複雜吸引我去讀懂。

好幾次，我常去的咖啡館裡，有隻灰色虎斑貓總愛在距離我兩三步的地方盯著我，而當我起身向牠靠近，便一溜煙躲回沙發區。當我回到座位時，牠則慢慢踱回那固定的老位置，坐定，然後繼續盯著我。後來我偶然和業餘畫家老闆娘聊天，才從她口中得知，原來這個角落是送養貓的女孩每來必坐的位置。剛開始，她常常帶著貓罐頭，在牠還小的時候前來餵食，但不曉得為什麼，女孩有一天就不再出現。我這才從牠凝視我的翠綠眼珠裡讀到期待與落寞交錯的訊息，並懊惱於自己無知的越界，侵擾了某些真空的純粹。

在貓眼中的我，是什麼樣的存在？

如果「奴」在這樣的語境裡，是一種甘願奉獻主權的說法，或許不只人對貓，貓對人，也是一樣的。人與動物之間的契約仰賴眼神確定。人貓之間互相交付對方牽動自己情緒的權力，於是信賴得以建立。牠趴在你身上發出全然放鬆的呼嚕聲，與你在冬日陽光下膩在一起像親暱戀人。但即便如此，突然被反咬一口也在所難免，戀人也不過如此。莫測高深，多變而充滿吸引力，表面的漠然更透顯牠內在性格之深沉與複雜。複雜，意味著醞釀故事的空隙趨大，怎麼不惹人愛？所以說，貓是最可愛的生物。

本質內蘊的故事性，使得每隻貓、每個貓族的人，覺得自己內心深處有故事，無論完形與否，都有祕密在不斷醞釀。那些寂寞、失落、哀傷、憂鬱都嵌在眼底，深邃異常。我猛然發現從某個時期開始，許多友人不約而同孜孜矻矻在社群網站日日po起蝸居家宅的貓，有些錯身於巷弄，有些臥身於咖啡館。有些日日親近，有些則是遠行相逢的萍水伴侶，人們試圖用有限的言語猜測每雙貓眼隱藏的訊息，反射自我訴說的慾望。

各種囈語與象徵。在這豐富而神祕的物種身上得以發展，擺盪於馴化與桀傲不馴雙向邊界的性格，妥貼隱喻人類表象和善而潛藏獸性的矛盾綜合體。渴望離群索居、享受孤獨，兼及品嘗寂寞的幽微時刻，卻同時掩藏不住希望博取他人認同和關愛的情感需求。

既自尊又自卑。人們強烈的情感投射，讓貓的姿態更為迷人，盲目如我，對此敘事，甘之如飴。或說魅惑也無不可，當你對貓陷入一種鍾愛的情緒，你會曉得那有時是一種情感的極度陷溺，使人上癮。每到一個地方，目光便離不開貓的姿態，你狂想更貼近這個以身體說話的族類，詮釋每個喵嗚聲調背後的懸念。在多次追尋的過程中，我找到一種療癒的循環。

貓使我平靜。

我想起多年前隨研究所同學飛往名古屋發表論文的途中，我們不務正業繞往一間神社參拜。陽光下，一隻白底灰紋的花貓走向我們，喵喵幾聲，討摸。凝視你的金色雙眸，逗引著人毫無防備而伸手。在冬日暖陽照拂下，人與貓都恣意瞇起半眼，極為慵懶放鬆，彷彿輕柔的愛撫間，彼此能找回無條件信賴的初心。

與貓結緣後的人生，讓我變得柔軟，時間感也和緩下來。對貓族的追尋，使我發現日常早已有許多貓族存在。他們習於在謙和的距離中保存自我，在孤獨的身影裡尋找自己，低眉冷眼，靜靜觀察這個世界與他者之間運行的邏輯。每個貓族人在語言細節所深藏不語的情緒，讓我體察到適度予人空間與理解，是何其重要。

我甘願與之為類，尋此為族，溫柔而堅定，在光影內外，伸展自我。

過貓

初嘗過貓是在某個山間小店，家人點了「月見過貓」，我才知道路旁漫生的山蕨原來能入菜。戳破渾圓的蛋膜，蛋液恣意充滿蕨葉罅隙，特有的黏滑口感，嚼食清嫩，是我對過貓的印象。於是餐後爬山，使我在意起這覆蓋半邊山路，片片延伸的小掌葉。做為食用考量，散成羽狀的葉面已經太老，嫩芽蜷曲彷若嬰兒樣貌則最宜入口。意識到口舌對於鮮嫩的慾望，不免覺得殘忍，但想起烤乳豬的滋味，也就訕訕承擔下人類貪食的罪愆。

走在山裡，時間彷彿靜止下來。

一隻蝴蝶停在一株蕨草，陽光從葉間篩落，光影在微風裡晃動。一株自由伸展的綠色小草，在自體發光，表面蒸散的水珠像冒汗。我覺得女媧摶土造人，或許也在這種時候不免覺得這些鮮活的小生物有點可愛吧。可是這種蕨葉為何叫過貓呢？它絨毛捲曲的模樣的確讓人聯想起貓尾巴。那些藏身在芭蕉葉餘蔭下，沿著濕土，水氣飽滿一路蔓延的翠綠小尾巴們，越過一條條溝渠，繁榮的生長著。

會不會就是「過貓」的來由呢？

貓貓們會在開心的時候高舉尾巴，帶著自信小躍步來蹭你撒嬌。在你身旁，圈起尾巴像一枝蕨草，攀附你的肢體。你曉得人類心房有多脆弱，遂甘願被貓尾捲為所有物。結果，貓族順利統治人類的故事，也能變成一部賣座片。這難道是貓奴國某種不可解的祕語？

和貓相處有讓人舒適的空間感。接近與遠離皆仰賴自由意志，有足夠的空白讓生命透過適宜的疏離，好好被時間梳理。太密集的愛讓人卻步，貓步的遲緩卻給我餘裕。

我常觀察不同的獵人們，奢侈在陽光裡深沉睡眠，每每世界就這樣安靜下來。你忘記有落日，你的獵人正安眠。偶爾好奇，像宇宙星辰澄淨的貓眼也會造夢嗎？我喜歡看貓凝望遠方，猜想貓眼會生出一片生命荒原，在貓步的時間軸，俯視在日常邊陲亡命掙扎的人類。從高處騰躍烙印的足跡，隨著毛塵，蔓生成一片蕨草原，鋪展夢的平行時空。

像我記憶裡的牠，從不願喝碗裡那一窪死水，總要追尋不斷流動的水源。追尋活水應是生物本能？有時我好奇這樣熱愛自由的生命體，為何竟甘願待在人類身邊？大伯家的貓消失三個月後，某天卻若無其事的回家了。

也許對牠來說，這不過是場小旅行；小王子與玫瑰彼此都很珍視對方，但他們仍保有一段各自旅行的距離。

人與貓，人與人的伴侶關係，是不是這樣反而能更自然長久？

伴侶像鏡子，投射彼此最深沉的渴望。靜止的真空可以讓某些生命殘骸被逐一看見，每個世代有不同的精神史，每個陷在痛苦泥淖的靈魂終能開出屬於自身的荼蘼花。

有時，我們要的只是葉片之間舒展無礙的距離。

讓羽翅承載孢子飛行，代替無法遠航的葉片，把願望，輕輕根植遠方。

掌

攤開掌心的時候，你只覺得涼。

你是中醫師說夏天比較好過的那種低溫體質，在台北僅偶爾酷寒的冬日，也恆常肢體冷涼。媽戲稱你冷血動物，你不置可否。早晚逃離家門的路線沿捷運線散開，像掌紋，末節流向未知。

不知哪裡的小神仙曾說這樣一條筆直的事業線極佳，日後必會飛黃騰達。你竊喜之餘又半信半疑，想著東接一案，西兼半職，那些零零碎碎好不容易才湊成一個月最低標的生活收入。踩在各種文字工作拼成的浮板，看似穩健前進，但你怕極變成下一隻沒有浮冰可靠的北極熊，浮沉海裡，最後被淚水淹沒。

這樣收支剛好的人生彷彿經不起任何意外。每當一季保險費一扣，若不順遂時，帳戶裡的數字便瞬間砍半。強迫儲蓄卻差點斷炊的荒謬劇差點上演，當年簽下保單的你仍然有正職，沒預想過未來回到學院當老學生的你竟窘迫至此。原來這個社會已經把自由變成如此昂貴的東西。你必須把某部分的自己一點一滴給出去，才勉強換得帳目上一些相對寬裕的數字。

數字總令人煩惱。

雖然中學時期遇到人生中極好的數學老師，但絲毫沒有增加我對數字的敏銳度。國中數學老師像一朵花，每天變換不同色系的套裝，熱情洋溢。多年後，身旁許多同學陸續進入教育體系，我才曉得維持這種熱情恆常的狀態有多不易。老師退休後，喜愛藝術的她拋下粉筆執起畫筆，從師者回到初心者，回到校園向藝術家學藝。全心投入自己熱愛的調色盤，把畫板從身上移到展覽室。從聯展到個展，從台灣到國際，用畫布連出一條彩虹之路。遙遠的黑板上，那些搖晃模糊的算式早被我遺忘。但我仍記得她傳遞給我的色彩與光亮。

我是忝為數理資優班卻去填文組的怪小孩。

為了逃避數字卻到頭來為數字所擾的邊緣人（結果你意外發現邊緣也滿多人）。沒有承繼老師的數學專業卻複印了她對生活的感知。我開始熱衷於從繽紛穿搭逃離日日既定的軸線，渴望換一點廉價的新鮮，一點自由的錯覺。

不知是否占星者看到的宇宙已各自落定。

我是顆小塵埃，帶點散光，看出去的世界，流光交錯散成一片。

好像還有各種機會，還有各種可能。

預言背後的隱喻或許是悖反的象徵，我說不出我是很信還是根本不信。機率是概數，但卻說不出它存在的緣由。科學若是理性整理的結果，那被整理的素材和本源從何而來？偏愛問體系內沒有答案的問題可能是我最大的問題。其結果是，我一直在師長期待的目標上失準叛逃。可以去而不去，我感覺擁有抉擇優越的雀躍。於是我得承擔遠離那些漂亮數字的後果，讓未來墜入一片迷霧森林。

掌紋被下了巫術，它自己流動。

你往往在夜裡被思緒召喚，循環漫步在夢的邊陲。極度疲憊卻毫無睡意。你慣常打開筆電，輸入生辰，點開一張數據統合構成的星盤。它告訴你，那是你的過去和未來。感覺你好像獲得某種能力可以看見過去與未來，同時發生。時間不是線性的，你後來累積的知識告訴你，語言結構可以打破常規。可以是迴圈和複數。玄之又玄，眾妙之門，眾聲喧譁。

你至今不能理解，文學如何網羅了你。

可你已在這裡。

掌心凹槽冷涼依舊，有什麼正在孵育。你突然理解最透明的社會，最理所當然對立而分的正義與邪惡，最可能掩藏什麼倒反的真理在暗釦內層。蒙昧無知或者聰明絕頂不過是一體兩面的傲慢。把光投入水底，所有不同的成像都是光本身。

無法相信任何神的時候，我只選擇善良。

唯有善良，使人穿越痛苦，來到能愛的地方。

繁花

有時在台上看著學生們一雙雙認真澄澈的雙眼，即使正講著話，我仍覺得有點抽離。每到學期結束，翻閱每張課程回饋單和網路意見，雖然是匿名，還是隱約能從說話語氣中浮現幾個名字與熟悉的臉孔。其實稱他們為孩子也不太對，大學生都算半個大人了；而有時，相對職場社會人士，我感覺自己某方面可能更像小孩。

天曉得，我小時候多抗拒成為老師。如今卻也和母親一樣站上教室講台。可是我還是拒絕成為那樣，以單一標準仔細丈量他人，而鎖死自身的老師。我當了一輩子的學生，在家也不例外。可憐的父親，家庭生活像永遠被留級的中學生，總停在被老師責備的中下標準裡，日夜浮沉，緩慢麻痺。

母親常常忘記下班。家庭如課堂，她的意念是班規，我跟老爸很早就學會如何識趣的以安靜做為抵抗，偶爾聯手陽奉陰違，倒也輕易換得耳根清靜、相安無事的太平好時光。

但其實讓我恐懼老師這個形象的，可能是高中時期遇過某一位有點神經質又情緒化的班導。彼時還是個髮禁嚴明、禁止男女戀愛的時代。現在想起來，那些被直尺貼耳，精細度量分毫不差，必須維持耳下兩公分平直短髮的規則，簡直荒謬至極。不能打薄的規定，讓我自然捲的頭髮變成一碗膨脹的清湯掛麵。醜爆的髮型和修女式的長窄裙，除了讓大家降低美感、行動不便與增加夏季的燠熱之外，完全裹不住那些青春正盛的軀體。

學生們自有像地衣一般的網絡，從私密耳語間傳遞哪個男生班和女生班之間又有新的戀情；男男女女之事，在男女分班的客觀條件下，反而更清晰。一切自然發生，合乎情理。這當然搞得嚴謹的班導整日如抓賊般神經兮兮，一下要大家匿名寫舉發函，又個別找學生去窺探彼此的祕密。偶爾想起來，這不就是集權社會的祕密監視嗎？令人悚然的日常，在嚴密如軍營的學校運行。最讓人驚心的，莫過於有同學私藏的漫畫被導師搜出。當下，他的漫畫即刻被剪成碎片，連同書包從四樓拋下。講台上，導師瀕臨歇斯底里又戲劇化殺雞儆猴的劇場演出，已超越每天罵我們「爛娃娃」的言語衝擊。彷彿在老師眼裡，我們終究是一群無用的爛泥娃娃，像被拋擲下樓的碎片，終究成為一堆無回收可能的廢棄垃圾。有時我感覺，在母親眼中，我大概也是這樣的存在。

可是悲傷的是，這並非代表不愛，這可能是另一種太愛的結果。

從上個世代以來，他們是從風吹草動便驚擾軍法的肅殺氛圍底下，逐漸長成過於小心服從到他律甚嚴的大人。結構的錯誤有時很難歸咎於個人，情感上，你尤其想為母親辯駁；但你明確知道自己抗拒這樣的大人，也抗拒成為這樣的大人。我懷疑當母親那一代的老師抱怨現在的學生愈來愈不乖的同時，他們能不能意識到，「乖」這個特質，用在一個能獨立思辨的人身上，有點不合時宜？

多幸運，我們世代的感覺結構已碎成流動的彈性姿態，世代之崩，不只在於經濟，也迎向解放的身體與思想自由。

時間是流失太快的沙河，日光透窗斜照，暖著我。感受體內水氣蒸發像一個個昨日，記憶從胸懷慢慢消逝在霧裡；恍恍惚惚搭上每日通勤的列車，搖搖擺擺來到今日。眼前會是個分水嶺要來到的時刻嗎？又或者人生從來都不曾有所謂的分水嶺？在看似已然自由的年代，我們究竟被什麼透明的絲線纏繞軀體而不由自主被帶離？

命運，終於還是引我來這裡，每周課室，助教班。一學期，又一學期；歲月潮汐推來一波波新生面容。每張稚氣未脫，正形成半個成熟輪廓的臉，都倒映出某時期的我。

在九〇年代，有個時期流行一種鑲上精緻小鎖的硬殼日記本，那時周圍每個人好像突然間都充滿了源源不絕的祕密要藏，人手一本，鮮豔粉彩，獨具風格。伴隨一種廉價彩色亮粉香水粒的氣味，好像聞到這個味道，裡面的記憶都會一頁頁浮現。可是其實你早已失去它很久，能歸返的無非只有無意識的夢。以及，連綿不絕，更長的夢。我們早就錯過了在彼此紀念冊畫記夢想的時代，踩在智齒零落的殘骸裡，血跡斑斑，也在要變成大人的時刻，不得不與周遭社會齟齬，擦去一些皮膚。時間使你更粗糙了一點，更沉穩一些。於此同時，你還是偷偷保留了一個，不願寫死的小空白，讓自由做夢。

這變成我與他們應對的可能模式。助教是老師的前身，或許終有一日我將變成正式老師。以朋友相稱的模糊界線也將變得明晰，但我不那麼在意。我更想知道，當我們面對面，坦誠對話，知識還可能變成什麼對彼此都有意義的東西？與每個前來的人，交換一撮鮮花種籽，未來不是很值得期待嗎？

有時我會誤以為一路走來的人生是夢與夢堆疊的痕跡，常常不自覺好奇，為什麼總在某些時刻，就剛好在那裡，遇見某些人；彼此共處一個時空，必然要交換一些故事和光點，然後各自離去。有時面臨許多機遇和挑戰時，也不免忍不住要問，為什麼是我呢？曾經這麼退縮膽小的我，真的擁有足夠的力量迎向未知險峻的挑戰嗎？無論如何，來自許多善意的暖流曾在我摔落谷底的絕望時刻溫柔承接起我，將我一路推到後少女時代。彷彿來到一個黑暗世代的風口浪尖，腳下危機四伏，但暗流之外，永遠還有希望。陪伴與疏離都在一個剛好的距離，溫暖而不灼燒，並肩眺望遠方，若能這樣一直做著長長的夢，也挺好。

我確信，終有一日，那些換來的種籽都將各自萌芽，自富饒沃土長成一片生生不息的市井繁花，展現各自獨特蜷曲的美。

万年筆

不知為什麼，這幾年突然流行手寫鋼筆字。無論硬筆書法還是花式英文字帖，各種雕花筆桿、彩色墨水，和古典字母封蠟圖章等周邊商品大量浮現。某次我慣性繞到誠品看書，猛然發現當周暢銷書排行榜前三名，竟都是鋼筆字練習帖。

這件事十分耐人尋味，為什麼這個一切電子化的時代，鋼筆，卻成為復古流行的熱點文具呢？當日常一切公務與宣傳多以電腦打字為主流，人們卻開始熱衷於寫字，這背後反映出什麼弔詭的情感追求，讓手寫字變成一種浪漫的工藝？

小時候恨極寫字的我，從沒想過在大學之後不僅修習硬筆書法，加入書法會，還失心瘋不斷手滑購入不少鋼筆。大家應該都在小學經歷過痛苦萬分的甲乙本修行之路吧，偏不巧，一年級的我字醜難當到級任老師打電話把我媽找來面談，叮嚀家長要讓我特別在家練習寫字。這一來，每天放學回家便掉入寫字煉獄，老媽火眼金睛一目測筆畫哪裡偏移歪角，就即刻被下令用橡皮擦掉重寫，不斷重來的歷程讓填滿習字簿根本媲美薛西弗斯的推石之路；幾個小時之後，母女終於不再互相折磨，放過彼此。

血淚斑斑的習字旅程，終於在我小六達到登台寫黑板的里程碑；據說那是老師認可學生板書工整的特許。然後不曉得從何時開始，我便成為同學們抄寫聯絡簿與國語習作的委託者，有時用福利社剛出爐的溫熱小點心，和限量搶購的文具交換，有時也可以偷偷賺點零用錢。其中有一個男生不曉得為何總是跟我借作業，說自己字醜，要我幫他抄聯絡簿；最後我卻在最後一個學期，要分班的前夕，發現這個男生的字乾淨整齊，根本不需要我幫任何忙。我突然想起有次午休剛睡醒的時候，發現他的視線好像一直往這裡看，遲鈍的我終於發現了某些細微的曖昧訊息；但當下個新學期開始的時候，我在放學的路隊看到他和隔壁班的班花牽起小手，當下也不感覺失戀難過，只是升起一點難以言喻的失落感。有時想著，原來字美，也不過如此。

擦身一段未曾開始就熄滅的愛戀，練字對我來說，更有感觸的還是在於肉體折磨。中指第一指節長期抵住筆桿的部分，早已磨出畸形厚繭，直到現在也還隱約看到歷經二十幾年的肉身記憶藏在這個隱微凸起的傷痕裡。其實回頭想來，自己並不討厭寫字，我痛恨的也許不過是徒勞無功的浪費與不甘心。可從不討厭到喜歡，書法卻是重要的轉折。

從磨到瑩亮的墨跡裡，我察覺一種樂趣。因為毛筆柔軟，墨色可調；用筆韻律的輕重緩急可以使頓點與回勾的筆畫產生各種流動姿態，像舞蹈與畫。更準確的說，我喜歡揮毫裡有一種自由的調性，是生活裡求之不得的喘息。鋼筆某方面說起來也有點像這樣，它不像鉛筆和原字筆無趣；外型設計體現工藝品的精緻與擁有者的品味，同時透過不同類型的筆尖展現多種藝術字體的書寫技藝。在構成一支筆的背後，我們從墨水、筆尖、筆桿、字帖都擁有多種選擇權。

選擇太重要了，誰不希望自己的人生充滿選擇？

偏偏我們都不願承認真實的人生往往沒有什麼選擇，只好從這樣的細節裡想盡辦法逼近一種對質感生活的執著想像。它是一種看似掌握在手裡，具體揮灑得出的成就感。

鋼筆還有個特徵，它有部分質感來自凝鑄歷史時間。日文寫成「万年筆」，相較其他拋棄式的原子筆，鋼筆只要好好清洗筆尖，無論是沾水筆或墨水筆都有相當長的壽命；有些甚至只要換掉損毀的筆尖就能一直使用下去。

日復一日，把時間的痕跡累積成情感的厚度，這樣的過程十分迷人。一枝有生命歷練的中古鋼筆會保留主人獨特的使用習慣和過往的時間，也見證了人生字跡的美醜變化。或許我們都有一種想要抓住時間的慾望，書寫與紀錄卻反覆的時間耗費裡抵抗遺忘，無論是在寫的過程或寫下的字跡，都是試圖以物質製造記憶，留存痕跡。

我們懷抱的，也許不過就是「不想被忘記」這樣的微小願望。

格子

幾年前地下街流行起一種叫「格子趣」的店鋪，型態約略是整間店裡充滿整齊劃一的小格子櫥窗；許多被販售的物品琳瑯滿目陳列其中，手錶、耳環、戒指、項鍊、電子產品、小盆栽等，讓顧客能同時在一間店裡接觸各類不同樣式、風格的手工藝品而刺激消費。它們往往因為價格低廉，成為年輕族群經常流連的驛站。

有段時間，自己也是其中一員，喜愛在特定幾格特色手製飾品櫃把玩新款式的耳環、手鍊。一個炎熱的午後，我照例踱步到街上那間格子趣避暑，正好遇上創作者前來補貨，便與她聊上幾句。當然做生意是很現實的事，店家如包租公，月月出租一小格空間給想做小本生意的賣家展示商品，穩賺不賠；然而創作者們投入大把時間、經歷所換來的，卻是每月賠本的工錢。「沒有想過要放棄嗎？」我問。「怎麼會呢？不也還有你嗎？」女孩手邊布置著展櫃，側臉仍可看見她神采奕奕的眼中映照著格子內明晃晃的展示燈影。

格格都是承租者的夢想與期待。

室外突然下起午後陣雨，滂沱雨聲拉遠了我們談話的距離，耳裡只剩女孩編織手環擾動方形磁石相碰撞的喀喀聲。四個藝術體字母「L」、「O」、「V」、「E」鐫刻在磁石上，一格接一格，前工業式的手工串連，讓麻繩、鞣皮與磁石組成形體與意義的雙重新生。我忽然想起另一種手工業時代的格子技藝，同樣承載著某群人的生活、夢與疏落的靈魂。

那是文字。

不小心篩落在現實之外的人們爬著格子，像格子趣手工店鋪的創作者，絞盡腦汁、孜孜矻矻。往昔鉛字的印刷時代，揀字工人們黑著一雙手，往來於格格方塊中，辨識、還原作者腦中的故事。而最初，讓筆跡猶疑於稿紙方塊的人，又是怎麼想的？

寫，或不寫？為什麼而寫呢？

也許從把自己交付文字的那一刻起，你曉得眼中的世界再也不同。那些與生俱來困擾著你的，過多放大的官能經驗，無時無刻在酸腐的日常發酵，如你坐在咖啡館，總感受到手臂內側氣流搔癢的氣息。你卻太清楚這是條無以為繼的道路，在資本主義運行的社會中終將被淘汰，那些過於敏感的情緒碎屑像塵埃，根本不該被視為存在。但你知道它藏在日光輝映的微風裡飄揚，日日積累，等待注目。

於是總算渾渾噩噩地長成半個敏感的大人，在世故與羞澀間徘徊，寫與不寫間游移。一字一句，緩慢生長，如藤蔓，在鍵盤中一格格敲出一篇作品，又刪除一個個字元，循環反覆，如反芻人生中每每失敗的時刻，再與之重生。陷入數位新時代，你連稿紙都快要失去，但也許對格子手工者而言，一切並無太大不同。

雨停之際，與女孩道別。天邊滲出一絲陽光灑落於貼近玻璃的格子，櫥窗內施華洛世奇水鑽在雨珠裡閃著藍紫綠粉的餘光，彷若與女孩澄澈的眼眸相互輝映。

吃土

一連幾天浸在整個台北濕地的淒風苦雨中逆風行腳，果不其然著了涼。看中醫的路上噴嚏鼻水交錯連綿，每一口吞嚥都像咽喉躍過剔刀障礙賽，加上全身肌肉聯合起來例行罷工，心有餘恨力不足，大抵就是這種無力的感覺。

更讓人無奈的是，你實際上並非一塊發炎的肌肉，更別談罷工，只好孬孬的趕在下午值班前的小空檔去排隊；循著一群坐困病體愁城的人們，列隊求醫問藥。經驗老到的中醫師，一搭上你手腕，便如數家珍將你盡數想隱藏那日夜顛倒的荒唐生活傾瀉而出，順便數落兩句，再媽媽般叮嚀三句：「不要太累，早點睡知道嗎？」如果可以早睡，誰想一直見到明天的太陽？難怪網路暢銷作家彼得蘇竄紅得那麼快，看似廢話的矛盾問句中頗有真理，病到急處亂投醫，得到的也不過是此般勸世良言。不過你其實還是相信你的中醫，即使仍然做不到早睡一事，卻也還能重新拎起你相依為命的保溫瓶，乖乖回去值班。

晚餐後撕開藥包，一口吞下久違的中藥，一股草本苦辣混雜泥地的氣味從喉頭湧散，你不免想到：「啊，這就是所謂的吃土吧。」你低頭一一點收繳付醫藥費、書錢、電話費的收據們，考慮著下一期眼看有點奢侈的瑜伽課學費，再度打開空蕩的錢包，想著，人生好難啊。

但誰的人生不難？

活在這世界，不是被吸血、放血，就得要吸別人的血存活。

更難的是，你擁有一個女性的身體。

身為一個女人，還有什麼比每個月遭受子宮擠壓，瘋狂失血來得更崩潰呢？就算抱著熱水袋在床上滾來滾去，喝下幾杯濃度超高、熱量爆表的可可熱飲，吞下不斷倍增的普拿疼，用盡各種主治偏方，你永遠不可能止住那每月必經、汩汩而出的暗流。無可逃避的必然失去，令人絕望。每個月，熱流夾帶部分肉體餘骸離去。明明身體無礙，生理的知識邏輯告訴你，對於女人的身體，「它很正常」，你卻仍然覺得失去了無以名狀的什麼。月月被剝奪的空虛，使你像一尾產卵的魚，咚一聲，肉塊沉入水底，血絲沿著漣漪蔓延到下個周期。

每個月必然經歷的失去，讓女人們覺得各種進補調養之必要。

因應某種生命需求，另一種生命需求應運而生，難道是宇宙質量守恆定律？

我的中醫之路，循環反覆，每次回診總不免跟醫師訕訕聊上幾句。他每一搭脈，我就感到心虛異常，醫師總能從神祕的脈相探知你這幾天不僅熬夜還偷吃冰。為什麼呢？明明距離孫思邈寫下〈婦人方〉早已飛越幾千年，女人們卻還得困守在能否生孩子唯恐過早冰封的廣寒宮？虛寒要溫補，母體躁進不得；在孩兒還沒成形之間，女人已經被交付體內暖房的職責，星球一個人的戰爭必須超前部署。想遠的時候，一股冷涼把我拉回診間。刮痧板沾起薄荷萬金油順過我的後頸，醫師實實的手勁層遞推進，有股從頸背痠麻到股脊的感覺。觸感似痛非痛，讓糾結成團塊的筋肉在順應按壓的梳攏節奏中鬆弛。

人體十分奧妙啊，當你緊咬牙關想著，這痛感，該不會已經病入膏肓了吧？下一秒卻感到經脈疏通的清爽舒暢，彷彿隱喻某種人生旋律。療程裡，醫師從頭到尾一派輕鬆，手腳麻利力道沒有放輕絲毫，笑著問你：

「哎呀，這次左邊出痧沒比右邊嚴重呢。你念中文系喔，那古書應該比較容易讀懂吧，那個《黃帝內經》我都查了很久耶。」但不是啊，我就算讀懂也不知道藥性和人體經脈走向啊。不然為何在你手下被刮痧呢？我後來覺得這可能是一種仁醫的體貼，閒聊的走心，也許能帶走當下肉體一些痛楚也說不定。就像他總在我來不及回答今天看了什麼書的閒談問話間，三兩下啵啵下針旋開溫照燈，我已開始針灸的療程。

人生總是會出現各種令人恍惚的弔詭場景，就像過時已久色度過於鮮明的老電影，怎樣都顯得不合時宜，卻偶爾碰上復古流行。

有時你會想，不曉得是不是中藥吃多了，也就習慣起那股奇妙的土味。每次經過傳統中藥店，看著日久曝曬而褪色的白底紅字老字號招牌，都不自覺停下腳步，向內觀望。老字號中藥行通常有一個大木櫃在櫃台後，分成多格小抽屜貼牆，牆上掛著楷書藥材名，小木製階梯櫃上羅列數排白色小圓藥罐，紅色漆字標記各式藥材。外頭的展示櫃裡，還有大大小小的泛黃玻璃罐，盛裝著感覺莫名神奇的藥材。猛一看，那泡蛇藥酒像福馬林罐，可能是某種被藥酒浸泡著的其他神祕生物，烏黑一團沉在罐底，看著也足夠讓人發毛。可弔詭就在於這種神祕的事物反而讓人從絕望中生出希望。人們經歷身體已然的耗損，已無力迎戰死亡的陰影。生死未卜，人們善於從未驗證的偏方裡找到現代醫療死局中一個投注希望的節點。

中藥鋪，原來是這樣一種以時間換取希望的空間。

某方面來說，就像神壇，容納在現代西方醫療體系無法解決的病徵；在一片未知的暗夜裡，點亮一絲隱微燭光，驅動人們存活的慾望，奮勇投身。原始到令人感到危險又安全，在醫療知識的邊界以兩股對反的人性心理組成，它的存在，可能接近於信仰。背後有凶險，需要理智來除魅。

老實說，當藥材被磨成粉之前，我不敢一一細看。有一次在中醫科普的網站上看到有人爆料不實藥商用乾海參取代水蛭，謊稱活血化淤的藥材。裡面附了好幾組對比照，包含色澤、吸盤和環節做為辨識依據；然而凡人眼殘如我，面對幾條蟲乾左看右看，總看不出什麼道理。倒使我想起水蛭這種生物，對幼年的我來說，其實是一種恐怖的存在。一條深咖啡色蠕動的大蟲，就這樣黏在大人從溪裡抽起的小腿肚上肥碩扭動，甩也甩不掉。最可怕的一幕就在大伯把牠硬拔起來的一刻，一道血痕從水蛭緊咬處流下。這一幕太怵目驚心了，沒想到過了這麼多年，在這裡看到風乾的水蛭屍體，我腦海仍然浮起這一幕。吸血蟲變成了活血化淤的藥引。生老病死，一個完整的生命周期，藥引到底引渡了什麼？由血管所連繫起的因果關係，竟在飲食醫療之間做了倒轉的業報輪迴。活在這世上，誰不是被誰吸血，就是要吸著別人的血存活？雖然一個咬一個，彼此並不見得有太直接的關係。

無論何種形式，時間到了，免不了要償還。就算形體已經碎成粉末，也將被做為藥引，重新進入另一個生命體的血脈，循環流動下去。這個世間的規律永遠有它神祕的準則。

我們等來的永遠只有時間。

唯有時間讓所有形體消蝕為塵，澱積成土。

這樣想著的時候，我的藥包裡生出了一叢迷你生態系。在它們都還活著時候，這些雜揉在一起的草木蟲獸，曾經和諧共處吧？我們終究還是得仰賴吞食別人的身體及身體的殘餘，才能彌補不斷被時間帶走的那些東西。

毀壞是漫長的，重建也是。

會不會在我們以為只是粉末的土壤底層，掩藏更多我所不知道的生命？沒有那些過往風蝕堆積的塵骸，我無處可站。鄉土，其實是這樣一種承擔的存在。像我們有限的生命，也不過是在關鍵時刻，有更多靈體付出了他們的血肉才得以延續；終有一天，我們也會以各種有形無形遁入他人生命，持續循環下去。

走到一個歲數，才緩慢覺悟：好好活著，從來不過是種僥倖。

肉身之餘

耳邊響起熟悉鬧鈴聲，意識被聲波層層推回現實。我奮力睜開眼，確認這次總算真的清醒。接連跌落兩層夢境深谷，讓人昏沉，想不到近日壓力已經大到這種程度。隨手掀起窗簾，台北的陽光已然刺眼，我恍惚想起今天和大學好姊妹相約小聚。走進浴室對鏡，翻起瀏海，突然被幾根白目冒出來的白髮刺目，又逃避似的掩蓋起來；一偏頭，頸側右後一塊肌肉從深處悄悄痠麻起來。肩頸僵硬，坐辦公室的老毛病嘛，幾年下來，不知不覺也變成習慣。抬手隨便捏兩下肩頸聊以自慰之後，便晃到街口全家買顆茶葉蛋，囫圇吞蛋，打發早點。

那幾年，成為上班族之後，就鮮少經過學生時期常晃蕩的台北車站地下街。然而老朋友在補習街工作，便給了我回到這裡的理由。踩街？看看西門町哪個不是十幾二十青春正盛的花樣少男女，精力旺盛哪。奔三的姐們，多半在網路彼此推播幾間日韓連線，放火燒得不要不要的，表面還是掙扎幾分、心痛一時，最後手滑拍下，也算是過足了採購癮頭。生活太庸碌，誰還來逛街？但此時，我竟有餘裕遊蕩在地下街。等待的時刻，像突然被慷慨賜予時間。兩旁店鋪燈光與人影稀落，流連幾間略退流行的服飾店，才想起今天是周末早上，才想起我還有假期。

街底幾間盲人按摩店引起我的注意。毛玻璃透著兩三人影，淺綠布幕不時隨人聲晃動，偶可瞥見顧客灰白毛髮。果然人上了年紀一早就會來疏鬆筋骨。腦海浮現多副頹老肉體，一排排趴臥在按摩椅被盲人推捏搥打，感覺有點滑稽的時候，卻發現最後一個躺的是自己。我想起躺在中醫診療室等待針灸療程的時候，也是這樣一床小診間；仰躺看著綠簾與白色的合成天花板，忍著蟻齧咬似的痠麻，數著孔隙等待被照光的微熱針頭一一被取下。我想起現在逛商場，總忍不住在按摩椅區坐下，貪愛感受背部實在被支撐的舒適感。好吧，也許按摩不是老人的專利。滑開手機確認時間，我開始往補習街走去。

補習街，充滿擠身時刻間求生的人。

身存，生存，還有身體一切就能繼續。但無情如我，仍闊步直直穿越手與手、紙與指尖此起彼落由傳單問卷搭建起的重重浪花，為身後傳來種種稱呼感到一絲稍縱即逝的竊喜——同學、妹妹……他們分明口不對心，只要拿了傳單怎樣喊都可以。讚美因此顯得廉價。勞動中的人們，各自茫茫，誰比誰更重要？幾經波折，終於抵達朋友公司，她正好從遠處電梯口蹣跚走來。聽她大吐職場各種魍魎現形記與身處疲乏網罟的苦水，想著，人生果真公平的苦海無涯。我們漫無目的停在一個紅綠燈前，她問：「去哪？」我隱約感覺右後肩頸肌肉又微微刺痛起來，忽然想起地下街的盲人按摩，自然反應道：「去按摩？」她愣了一下：「你是說……盲人按摩那種？」我點頭。她不置可否，想想反正剛加班也累得很，便伸個懶腰附和。

就這樣，旁人眼中兩個妙齡女郎竟在風和日麗周末午後相偕按摩。北車地下街行人往來頻繁，不想屆齡輕熟女的我卻還懷著少女羞赧，挑了間每床有簾幕包裹的店。帷幕半掩，毛玻璃背後的世界一片霧茫，室內燃起檀香，煙圈繚繞，內在視線卻清朗起來。師傅揚起手勢引導我們俯臥軟墊，嗶聲明快按下計時器。枕頭中央有個通氣口像樹洞，鼻息來回穿透枕間的纖維紙，濕氣漸重呼吸緩和下來，彷彿正要進入一場儀式，誠心向誰告解。肩頸傳來一抹清涼，久違的萬金油氣味讓我想起祖母，那種安全熟悉的記憶。師傅的手，規律揉壓，暗藏在溫柔裡的力勁，一推一拿，軟膏凝冷，隨著溫厚掌腹環繞路徑圈圈化開，肩頭僵死的血路等待重新活絡。「小姐幾歲咧？你皮膚感覺很年輕，但是肌肉怎麼這麼緊啦……」師傅隨口一問，順勢加重力道，往我右側肩頸陳年硬塊處按壓。「喔……」忽大忽小陣陣痠痛麻交雜的觸感讓人只能咬牙悶哼，心底悄聲道，對啊，坐二奔三的年紀，應該還算年輕……吧？順著師傅手勁節奏，糾結的筋骨層次鬆懈，舒緩輕柔喚起了睡意。身體盛著溫熱濕氣陷入軟墊，直直下沉，沉到意識朦朧深淵處。腦海卻恍惚浮現某個模糊側影，她說：「人生，不過就是場無止境的沉淪。」

那應是職場前輩，紅玫瑰般雍容桀驁的女子。我當時太年輕，仍不解，望向她。她則順勢轉頭避開：「你還太年輕，不曉得現實怎麼把人折磨成無夢的樣子。」從那天起，每天午餐像一千零一夜。從前輩那日日聽取許多關於職場、老闆、同事之間糾葛而荒謬的黑色悲喜劇，有時摻雜單身小資女絕處逢生，輾轉流連多所幽暗嘈雜租屋處的悲慘經歷。粉碎的日常，散落在轟轟崩世代。小草莓們榨乾身心換取薄薪，頃刻交付月初微笑來訪的房東手心。循環反覆，一推一拿，肯綮盤錯，哪樁不是筋肉與靈體的相互拉扯、相斥消磨？抽身在距離之外，我成為一個稱職的聽眾，卻也同時聽到內在傳出細微碎裂的聲音。直覺告訴我，有什麼正在偷偷剝落，而肩頸硬塊卻愈積愈厚，像年輪。

終於有天，她厭棄扮演說書人，不再與我交談。原來她即將離職，意味著我們之間不再有任何關係。我旋即想到日後也將成為其中一則她向人轉述的故事素材，不禁感到悵然若失，好像每日耳目交付的真心都將被辜負。實際上卻沒有誰被誰辜負，體認社會關係本質讓人傷神。

聽來的話語，片片沉到心底，才曉得，成長始終是一輩子的孤寂。

嗨，二十五歲的我。一腳踏入社會卻潛意識拒絕長大，不是很糟嗎？「你怎麼總學不會裁切自己的眉角塞進社會的櫥窗！」她斥責。再次聚焦視線，我終於清楚辨識那熟悉不過的臉——是我，那原來是十年後的我。背上瞬間一股力道陣陣循著脊椎脈絡輾壓下來，蜷曲的骨骼一節節偏離歪斜慣性而緩解，我實實在在聽到某個形軀從骨節深處喀啦喀啦崩解的聲音。那些由童騃夢囈所織就的世界已然失陷，如尋訪無徑的桃花源，早被隔離在時間的真空裡。肋骨兩側在重力按壓中緩緩展開，難道會是翅膀？光影迷茫中，已然潤澤的身體再度輕盈起來。

滴滴滴——滴滴滴——猛然驚覺耳邊的計時器響起，噢，三十分鐘到了。師傅開始手邊收尾的步驟。溫熱的濕氣緩緩貼近頸後，毛巾順著頸後左右肩線來回撫拭。氤氳水霧隱然浮現兩個身影疊合成軟墊上的我，像歷經一場靈肉的毀壞與重生。我，終究在現世洪流中，歪歪曲曲，磨石子般被社會沖刷成不大不小的半個大人。與姊妹雙雙走出按摩店，我們零碎交換彼此肉體舒緩的心得，輕鬆討論起今夜的晚餐。

轉角迎來一陣寒風凜冽，柔軟發熱的頸部瑟縮了一下。

又近一月中旬，再過幾日，下個生日即將到來。

鞋

愛讓人甜蜜，也讓人恐懼。有時，也許你與某人有著一段戀愛或婚姻關係，但也並不真的就觸及了愛情。在愛裡卻無法愛的狀況，在書店一角專談情傷的櫃前顯而易見的變成常態。好像現代社會充滿了一堆對愛失能的人，各個千瘡百孔。

單身的人追尋愛情，有伴的人卻也渴望愛情。

兩人熱戀像在熱拿鐵撒上黑糖粉，焦香撲鼻，讓人誤以為那片刻甜膩的溫暖能在掌間細心捧護下永恆延續。你假裝無視過往傷痕累累的失敗經驗，假裝忘記表面糖霜凝結成鏡面的涼咖啡不可能維持完整的必然性。努力總是徒然，晶亮的糖面必然要沉入杯底，撞成碎片。

除非你一開始就放棄喝它。

有時候我想，身旁那些看起來貌似成熟的大人們，到底在愛裡經歷多少跌跌撞撞，最後才摩挲出「自己」的模樣？或者一開始就先拋棄「自己」，好讓一切順行，從熱戀、成家到生子一帶一路，漸次完成家族藍圖，來回應這個眾人期許下的理所當然？

但假使你更有一點實驗精神，想從愛裡試出自己未知的形狀，每投入一些，你會感覺每個人都在一片朦朧的毛玻璃背後，通過漫畫、戲劇、電影，用想像去戲擬，把自己活成一個沉浸式實驗劇場，幻想可能有哪種愛情，可能有點酸又帶點甜。雖然你的愛戀來得那麼遲，但陪著身旁早熟的女孩們笑幾回又哭幾回，你大概也曉得現實像戳戳樂，指尖落下的角度、方格和目標都已經計算得這麼精確，卻還是撲了個空。命運之神笑你傻啊，機會人人都有，有時看起來安慰獎都提升到了八成喔，你卻還是得了個「銘謝惠顧」的好手氣。就像好不容易存到第一筆錢興沖沖跑去通訊行換來人生掌中第一顆蘋果卻拿到機王，大概是這種挫敗的感覺。

對於晚熟到二十來歲才有一場短暫初戀經驗的我來說，一獲得便失去，剛投入就摔個四腳朝天，才真正體悟到，戀愛，原來是這樣一場沖過三溫暖，歷經水溫冷熱交替流遍全身，卻終歸於無的複雜感受。

某次午後，我揹著沉重筆電擠上公車，剛坐下就隱約聽到後頭幾個青春正盛的女學生忘情大聊班上男女朋友交往分合的小八卦。其中一個女孩說：「當初在一起的時候，找的都是合腳的鞋子，怎麼走到最後鞋還是會掉呢？」另一個女孩附和道：「對啊，那這樣磨合的意義在哪裡？好不容易都習慣了說。」然後是一陣尷尬的沉默。我突然意識到這個比喻如果實踐在日常，其實隱藏了許多眉角。

魔鬼藏在細節裡。

往往是這樣，你繞過一櫃又一櫃，掃過一排又一排櫥窗裡千萬雙鞋，必有某個時刻，會出現一雙在色澤、紋理、皺摺與設計各方面都射中你的鞋。每一顧盼，那魅影便魅惑招手。你幾乎要篤定這是一見鍾情，非你莫屬。每每試穿的時候，「我要你」的獨占慾會隨著鏡中折射的幻影變得更為強硬。忘了吧，腦袋若有聲音響起。結果你卻故意無視腳掌拇指側緣被擠壓皮層。忘了吧，那些小小的不適會隨時間拉長愈來愈習慣的。你開始說服自己相信。誰都需要磨合期，誰都需要時間。他說，不適合也能在一起。你開始不確定，適合，是不是一個假議題？

一切太過炫目，飛蛾撲火也不過就為著一瞬天地也無法阻擋的追求。但魔鬼仍然藏身在那指間夾縫裡，從日常細節一刻刻慢慢顯影。不過幾刻鐘的皮肉相磨，指緣突然一陣刺痛。痛點像刺，令人無法忽視，反覆浮現。隨著里程數漣漪般，擴散。雖是肉身之末，那劇烈起的痛感逼你不得不斷捨離。抉擇的時刻，你心如刀割；但更不想廢去相伴一生的足，那實打實的肉身，那樣真實的你。

無法逃避，你終得面對已積成水泡的傷口。長成半個十元硬幣大小的組織液囊在指緣隆起，你奇怪的觀察著這個從自己體內生出來的，衍生的異物，反噬著你。茫然於這一路經歷的痛楚要怪誰。因為願意，才相磨至此。那愛是真的，不愛也是真的。你毅然決然要剜去，一部分的你。

醫生說，水泡不能弄破啊，會細菌感染。理想是如此，但一個通勤族不可能一夕之間變成一株窩在無菌室的安靜植物。那些防止水泡破掉的防護措施，最終注定只能是一場徒勞。紗布覆蓋再厚，那層已摧枯拉朽的慘白薄皮，必然要掀起。你只能等待傷口結痂，假裝一切無傷。

然後你終於認清，噢，他真的不適合你。但也許下次依然故我，畢竟你始終相信，每雙鞋在細節處是不同的存在。你後來更理解，大雨來的時候，一雙能漏水的樸實橡膠鞋才是帶你穿越水域的良伴。防塵袋裡的那雙，從來只是珍藏。

也許，愛情與青春總不免向生活的時間奔流，帶走與留下的塵沙都隨機而無可預期；又或者，人生，本質上就是一場更大的徒勞。但我們有理由相信每個轉瞬即逝所迸發的快樂。

很多時候，幸福就是那一閃即逝的星光——虛華，但真實。

智齒

人生總有一些必然割捨和徒然的事物。

好比一顆剜掉的智齒，一段無疾而終的戀愛。

跨過二十五歲之後，我開始感覺身體不是自己的。以前你從沒想過是問題的，後來都變成了生活巨大的阻礙。那個日日熬夜僅靠周末瘋狂補眠還能精力充沛的你已經消失了，取而代之的是，一連串焦慮疲憊但仍然失眠的複數之夜。投在古樸中醫裡尋求救贖的金錢與時光愈來愈多，吃到飽與夜唱一夕之間成為過去式。買杯手搖，你開始斟酌在養生與貪歡之間拔河，終究點了一杯最保險的半糖去冰，講求一半一半假中庸式的微小安慰；然後下個月在診間給醫師搭脈問診的時候心虛告解。

想怎樣就怎樣而不會被追債的美好日子咻一下就消失了。等開始意識到哪裡不太對的時候，你只在鏡中看到一個頹敗的自己。感覺整排牙疲軟不已，終於排除萬難掛到牙科一診的時候，齒列已被藏在肉裡的橫向智齒擠得歪七扭八。即使如此，當醫生宣判你要拿掉它們的時候，你還是覺得一陣茫然。就像某天和平常一樣上課的日子，他邀你來到中庭說，分手吧，這樣的茫然。

一顆與你骨肉相連二十多年的牙齒，只在五分鐘就被宣判了它的無用與無可赦免的死刑。一場萌發半年的初戀，就在下課十分鐘被單手拗斷枝芽，沒有什麼轉圜的餘地。醫生說，除非你要爛掉整排牙。這句話讓我連續兩個月被掉光牙齒的惡夢不斷驚醒。無齒，對一個吃貨來說太可怕了。消毒水、麻醉針和一片矇眼的綠色醫護布也沒有比較不讓人恐懼。足以殺死細菌的低溫滲入骨髓。已然熟成多年的智齒仍穩穩深埋肉裡，與牙床之骨依偎。一個半小時的開刀療程，中間補了兩針麻醉，我仍意識清醒。

清醒的抽離讓人恐懼。

你的身體真的不是你的身體。

你聽到金屬器具敲擊的聲音，綠幕之後的光影動作像皮影戲，此刻你橫躺在手術房，感覺硬物侵入你的齒間，切割、拉扯和敲擊。一陣機械運轉聲，屬於你的某樣東西被磨得粉碎。只要不疼痛，這場發生在口腔內的血腥暴行，彷彿可以一直進行下去。真的不疼嗎？縫合的時候你明明感覺絲線遊走在肉與齒間，但麻藥讓我與肉身隔了一層，被延遲的時間。

把一切東西丟進垃圾車的時候沒有疼痛，也毫無猶豫。是該這樣的，對未來無用的，清得愈乾淨愈好。就像為了仔細清除牙根以絕後患而多削去一些齒槽骨。術後醫生用鐵盤盛起我那血肉模糊的智齒，輕聲問我有要帶回去做紀念嗎？我看著口罩上面等待捕捉病患反應的眼神，懷疑問話背後是真誠還是戲謔。這團血塊碎牙帶回去只會腐爛發臭，還有別的可能嗎？死去的細胞不可能復活，對身體來說毫無用處。科學權威早已將你的牙齒骨肉都分門別類標誌好處置藍圖，有用與無用，從來不在你的自覺。你甚至沒有選擇。雖然你是局中人，沒有選擇可能是當下唯一的選擇。好像你活的是別人的人生，參與的是他人的戀愛。不小心介入了製造期，卻感覺過早被對方判定過期。

所有赤誠的愛都化為血肉模糊的團塊，包裹你過去一切悉心餵養，殷切期盼熟成的，在那些時間差之下，終被碾碎。肋骨的碎片穿刺心臟，你感覺不即時清創就會即刻死去。然而你並不想因為這共振失準的震盪而死去，你要活。活的意志堅韌。你像傀儡，被無形的繩線從一身疼痛中拉起，終於有力氣頭也不回的把體內割除的肉瘤順手拋進金屬廢棄桶。

沒有回收的可能性。

朋友說，他沒有毀了你的人生真的太好了。我突然不曉得他說的是牙齒還是人。但天曉得我回家經歷麻藥消退的時刻，整晚咬緊牙根，痛到牙床顫抖，一夜無眠。沒有疼痛，不過是向藥物借來的時間，假裝蒙上雙眼自我欺騙。人終究無法像電腦，能立即殺去那些不要的記憶，永遠把它推入黑洞。緊綳的縫線突然在夜晚斷裂，流出的血水渲染過枕頭一角，又一夜，滿口的鐵鏽味帶鹹，像淚，使我無眠。被硬生生切開的牙齦得重新磨合，非慣性的養成還需要時間去習慣新傷的疼痛。

我需要重縫，不需要重逢。

好不容易重新排上看診。醫生說，傷口發炎要多吃半個月的抗生素，清創的時候，我感到前所未有與肉體合一的實感，這才是手術當下的痛吧。割除當下，所流的那些血，那些不小心被我嚥下去卻無感的鹹鏽味，還有幾個無眠夜晚的眼淚，難道是故意遺忘自己還有痛感神經？

應該要有疼痛的。

我想起那些失去親友的當下也都會像無事般麻痺，突然某天迎來情緒潰堤，瞬間爆哭，嚇壞周圍朋友。我總是在延遲傷痛。但是假裝沒有，並不能消除疼痛。肉體有痛感，心也是。人會慢慢習慣沒有某些人或事物之後的生活。讓生活浪潮席捲，強迫身體習慣，其實非常投機也逃避。逃避有用，但也許身體仍然會自己記得那些傷痕。若不先破除這些身體圖式裡被屢屢暗示的迷障，生命就會困鎖在軀體裡，慢慢被吞噬。

曾幾何時，我的「身體」不再是我的「身體」？我們的文化始終拒絕讓我們好好對視自己的心與身體是否同調。有人終其一生也不能了解，何以自己常升起沒來由的絕望悲傷；其實有可能是因為他從來沒面對過身體真實的疼痛。如果悲傷，就去大哭，承認失敗。放逐自己再走回當下，捲土重來。

沒什麼大不了，這是成長必經的日常。

擁有四顆智齒並不能讓我擁有智慧，但歷練可以。

一場極失敗的愛戀，讓我理解此生不可能成為日劇女主角那樣浪漫可人的好廚娘，而認清自己只能是埋首書堆事事懶散又怕麻煩的干物女。

我不願再違背意志。

在每堂瑜伽課整整一小時的過程裡，練習讓身體回到它自身的主體意識。唯有在肢體延展到極限的靜止狀態，當汗水凝結，呼吸與肌肉在緊繃顫抖與放鬆舒展間取得平衡的時候，我們才共同存在。

魚缸

生活在這個四季濕度爆表的T城，午後空氣往往讓人莫名憂鬱。小時在學校趴著午睡，常常夢到自己在一片濃霧森林深處迷路，翠綠的場景隨著不安陰鬱下來，灰藍色調逐漸滲透整個背景，染成一種恐怖的幽暗氛圍。明明是盛夏的午寐，被噩夢驚醒之後，卻發現身上發起一片雞皮疙瘩。冷的是夢，還是空調？

我心裡沒有答案，只想起一位前輩談過獨自旅居義大利威尼斯的經驗，午夜夢迴的冬夜，只見窗外一片灰色的海及不斷往返起落的潮聲；他因此寫了一首歌，描述那個被眾人遺忘的海。不曉得為什麼，在我的想像裡，這片孤寂的灰海卻在被人們捨棄之後，才開始不斷延伸擴大自己的邊際，遠到和暗下來的夜色相連，彷彿應該一切就該是那樣。

會不會所有的寂寞其實都來自於人們的不甘寂寞？

有一段時間，我常獨自在房間掛著耳機，不停循環播放〈貝阿提絲〉這首歌。泡在黃小楨有點悶悶微啞的磁性嗓音裡，感覺自己真的變成那尾游在日記裡孤單老去的魚。不過現實是，我只是一個困守在潮濕房間、無聊頹廢，面對雜亂史料卻總是坐困愁城的研究生宅女。走過論文，除了幾根白髮，什麼痕跡也未曾留下。然而，我卻曾經真有一缸魚。

論文卡關的時候，我習慣百無聊賴作勢靠近魚缸，惡趣味舉起飼料罐卻未撒餌，看著群聚湧上討食的魚群，悲傷想著未來求職的自己，只是其中一張吐著氣泡又急於張開討食的嘴。爸爸在某個短暫失業期，聽說流水魚缸能聚財，便心血來潮搬回一座小魚缸。從來不養魚也不怎麼看書的他，彷彿找到一個人生目標；開始研究水族書籍，仔細測量滴管，調節水氧PH值藥劑，花費半個月的耐心養好一缸翠綠水森林，才把一群色彩斑斕的孔雀魚放養在內。擺動身形的魚尾散開像羽扇流沙，我爸則在發現牠們的子孫會按遺傳基因重新將身上的色彩排列融組後，更加狂熱的往返水族館購入更多鮮豔色彩的父母魚。紅、橘、黃、藍、綠，輪過一片基本色之後，便考慮起紋彩圖樣與尾鰭是否有白銀光澤。我一度懷疑爸爸在孜孜矻矻建構母魚產房，看著細如米粒的小魚仔灑落在細網海綿巢，免於被大魚吞食，終於長成新一代豔尾孔雀的時刻，彷彿能讓他重新體驗當爸爸的成就感。或者，可以彌補我與妹妹在出生成長某些他不在場的記憶。在他眼中，魚仔般的我們，需要悉心照料，否則很容易就要夭折。

但我們畢竟還是在他缺席的時刻，如常健壯成長。

不斷繁衍後代的孔雀魚仔，在某個暑假像瘟疫蔓延般全數死去；那年，我剛離職，面對未來像看到晦暗水缸，一片死寂。清理魚缸時，被水流擾動而翻起的，大概是數月前老爸為了自然清魚缸而買回的水晶小蝦屍骸。再剔透美麗的軀殼，終歸要腐朽。時間總比你想像的還要短暫。

我爸看不下那個始終空蕩到可憐的魚缸，去買了一群活力旺盛，偶爾會十分暴衝打架的熱帶神祕魚種回來。他不諳魚性，但回歸職場的他再沒有時間細心研究，只問水族館員工哪種魚不太需要照顧，便擅自把這些攻擊性強的小魚們放一堆。結果是每隔兩三天就要收拾一次遍體鱗傷的魚屍。最後剩下一隻橘色的打架魚，鬥無可鬥，無處宣洩自己的精力，某天牠突然開始了愚公移山的工程。我擅自稱牠橘小姐，不僅因為外觀上沒有明顯性徵，而我老覺得在生存競技場裡，往往能撐到最後的只有女性。

但這實在太奇怪了，我甚至找了我爸來看他買的好魚有多神奇。橘小姐從某天開始，每天夜晚孜孜矻矻從魚缸左邊含了很多小石頭，游到另一邊全數吐出，來回多趟堆積起牠的小山丘，並且在挖空的大小石縫間經營自己藏匿的洞穴。家裡一有陌生人來訪，牠便像貓咪一聲躲到洞穴裡，只有我們家人在的時候才會現身。一瞬間我簡直以為牠通透人性，像極我那段晝伏夜出狡兔三窟、窩藏各個咖啡館角落工作，又躲避生人的生活。我沒想過終日看起來慵懶討食的魚，原來也有這種性格。

為了避免無端製造更多傷亡，偌大的魚缸在橘小姐獲得絕對主權之後，再也沒有加入新訪客。或許是生活空間足夠充裕的緣故，到了第五年，橘小姐的體型已經長成最初同伴的三倍體型大，年齡也超出水族館銷售員告訴我們的平均值幾倍。莫不是要成精了？一切變化超出預期，橘小姐仍然沒有中斷牠的移山工程；每隔周我們清理魚缸，夷平牠的山丘，一周後，同樣的地點，牠又造起一座一模一樣的小山坡。相對位置的精準，簡直比我這個路痴準確太多。但牠沒我們想像的這麼積極樂觀而神采奕奕，我常懷疑牠對人類吐泡泡又不進食的時候，其實懷有無可告人的煩惱。

最後的結局是，我跟老爸誰也不記得橘小姐是在第幾次跳陸自殺未遂之後，終於在我們都不在家，沒人即時把牠撈回缸裡的時候，結束了牠近十年的魚生。我只能記得第一次把牠撈回水缸的觸感，濕濕涼涼，窩在掌心凹槽的牠開合著鰓，維持微弱呼吸卻不願拍打尾鰭；剛放回水中，隨著體重，極緩慢下沉到魚鰭接觸砂石那刻，才不情願的懶懶游動起來。

無人知曉年輕時從不躍出水面的橘小姐為什麼會在年老體衰的時刻，數次費盡餘力奮力躍出水面。這個世界沒有王子，或許從水缸看盡人生百態的牠也不希罕成人；牠甚至在我們還來不及為魚缸加蓋的時候密集跳出水外。毫無意外，我知道牠憑著愚公的毅力，一定會成功跳離這一世困住牠的魚身。

我想，牠真的通人性。存活，使人疲憊，牠只是想休息。

如同那些選擇遠去的朋友，以餘生換一種存在的形式，讓日子過得比較不悲傷。

介殼

微小而真實的細節使人迷戀。

我曾無聊沉溺於觀察鸚鵡螺螺旋內向而有條不紊的隔間，猜想軟體觸角如何攀附在殼內繁複的幾何圖形裡，滲透自如。彷彿無視線性時間，殼內的環狀世界有自己的節奏。活化石，悖論一樣的詞彙。雖死猶生，石化的瞬間凍結前進的時間，如龐貝城裡仍奔跑的犬，未曾離巢。這當中一定有什麼，吸引數千年以後的人們前仆後繼前來朝聖。有一種本能的生活慾望被包覆在巢殼裡。生物體渴望擁有一個伸展自如的穴。最好暗若深井，蜷如海螺。我們是軟體，內裡藏著私密。

對於殼的客製化需求，優秀的商家很早就洞悉一切，麵包屋、書店、咖啡店、花店，小至套房大如別墅的袖珍材料包，一應俱全。手殘的愛好者若無法順利以鑷子把鐵絲彎成完美的椅背，也可以找到現成的皮製小家具替代。人們不厭其煩以各種微縮的生活小物件模擬現實，模擬人類不同時代、區域、階層的生活空間。用複製去窺視，去想像你正活著裡面的人生。愈細緻愈真實的材料更好，不斷仿擬的過程製造著神的錯覺。在這個世間裡，你高於一切，所有仿製出人類生活的遺跡和能動性證明你被賦予一種主宰秩序的權力。

沒有生人的空間，懸吊樹脂土捏成的內衣，懸浮空中被人吃一半的鍋煮泡麵，撐起筆電的矮桌底下散亂一片或開或合的漫畫與意味不明的書類。開封的洋芋片搭大罐寶特瓶無糖綠茶、三杯一條塑膠膜包裝的優格，以及白色塑膠袋裡那個微波過後又冷下來的塑膠盒便當。沒有生人，卻充滿生活感。它給你一種細節，去重塑出現實裡的微縮實體空間，或豪奢，或頹廢，如此精緻的慾望顯影。每個逼真的物件，只有在應該柔軟卻顯得僵硬的雕塑感中被暗示擬仿。

介殼裡是無人樂園。

活在樣品屋，彷彿獲得另一種人生。在這個似是而非的扮演遊戲裡，你參與演出，突然獲得一種詮釋觀點，可以輕易把整個部屋旋轉一圈，細細透視每一格房間的橫切面。脫逸現實，遁入你所無法進入的他人生活。開箱之後的時間你都在建造。像走入點點螢光灑落身上的暗黑隧道，進入一個感覺真實卻虛幻的場景。空氣變成一種傳播媒介，電光與雜訊聲響都提供某種資訊，邀你登入遊戲。像一隻貓終於活成牠的紙箱，時而被壓縮，或拉長，也許在炎熱的午後化作一灘液體。無論穿越到哪個時空，外貌形體如何變幻，你仍確認存在的只有意識。放任意識前進。

對於娃娃屋的執著與癡迷，你不確定是否來自童年物質的慾望規訓。九○年代某個時期，幾乎每個女孩人手一個口袋Polly。粉嫩多彩的外殼，或圓或方，有時出特別版的心形、星形、花形與貝殼狀；以合掌的方式打開，內藏一應具全，摻著亮粉的小世界。生活貧乏一無所有的你，突然在掌心擁有了餐廳、套房、宴會場和泳池樂園，更有暴發戶的快樂。你急於打開所有小門和機關，確認你的小玩偶能穿越哪裡。進入口袋的空間，你也踏上螺內的時間軸，金髮或褐髮穿著公主小洋裝的是你，從池塘邊花叢拉起來的指環，是現實你和盒中你心照不宣的祕密。直到外在時間膨脹到把它廉價的塑膠殼一顆顆碾碎，你冷眼旁觀媽媽把一桶玩具像清垃圾一樣掃入垃圾袋。回收一個時代的終結。未料你多年後在無人知曉的夜晚又悄悄在網路下訂一款袖珍屋材料包。不能自已地看完所有網路關於迷你鍋具如何煮食微型餐點的串連影片，驚訝於貪戀自我空間的執念甚巨。難怪微型幻境是門好生意。

開始書寫之後，你會開始無端在意起周遭的空間。角落的陰影擴張成巢居罩住一個人，它就能醞釀一則故事的開端。你的直覺告訴你，一定有事要發生，或正在發生。你饒富趣味觀察一切，隔壁桌的中年婦女急促喝下服務生剛端上的熱美式，好像那些煙都是幌子。指尖侷促敲擊桌面，等待對面男人電話結束後的訊息。你意外在咖啡館角落聽到老媽媽跳樓自殺未遂的故事，她的兒女正在醫院旁的獨立咖啡店焦急等待後續。你捧著冰拿鐵的掌心不知為何隱隱冒出汗液，心底升起一種莫名的窺探愧疚。這種既視感來自你閱讀某本小說把大樓描繪成娃娃屋的場景，描摹現實人生為串連影格。城市變成一座製片廠。

故事無處不發生。

3D像素再往後退一些，你驚覺自己其實坐在螢幕背面。滑開手機點入慣常瀏覽的藍紫色社群圖像，你感覺這裡面有一種說不出的共犯結構。如果照片最初的發明是徵實，是證明或記錄在某個地方，你與誰曾經在那裡，這樣穩固的框框早已被拆解。媒介獸成長得極快，牠吞食許多張不同的臉，把塗鴉牆散成立體多面鏡，撐出多維度空間，讓你得以在雲端，自我表演。雖然很多時候，演與看的都是同一個人。但大家樂此不疲，網絡汲取光纖，枝枒蓬勃。

如今你也可以七十二變，來場虛幻的輪迴。假裝自己經歷的時間在幻想與現實的模糊空間裡斷裂又縫合。有聲音說，白日夜遊。占星師告訴我，星盤有水星，你可以做夢，要敢於做夢。你突然忘記你蝸居的島和從不離身的涼被，從一個濕熱的氣候飛到一個乾燥的真空地帶，開始對人展開一場又一場，日復一日看似重複卻虛幻的表演。舞台對面的觀眾席是永夜，有天鵝絨的柔軟，趨近投身的時候會感覺自體發光。細毛以潤澤回應你飄落的羽毛，落地瞬間黯黑化為銀白。有白馬靜置，看著其他雲絮走過天亮。螢幕前另一個你，終於在遠距離的祝福中接受現實老去。鏡中的你，隱然有白髮。

踩在青春邊界三十的你，並不蒼老。

只是比以前看到更多，放下更多過去覺得太沉的東西，讓自己腳步輕盈。我輩生在世紀末的華麗，一不慎就滑入虛空。炫目的他人太閃耀，可是誰也不真的羨慕誰，不過戀慕一種更舒適的感覺結構。一如掌中能任意擺動的那些，有形和無形的物件。

雨都

「落水仔，拿帽戴，阿媽打，阿婆廌（寨），阿公返黎眼界界，阿叔返黎買紅鞋。」每當暴雨的時候，奶奶都會一邊撕下傳統日曆紙摺小公仔，一邊用廣東台山話唱這首童謠。像詩一樣短小輕薄的篇幅卻活脫脫是個常民浮世繪。窗外霹哩啪啦下起這座城市慣常的午後雷陣雨，一個貪玩的小孩從家裡抓了頂帽子還想出去找人玩。

想當然不會過媽媽那一關。

不知道為何，每個朋友小時候家裡都有一個野獸派又神經質的媽媽，可以為了小孩各種雞毛蒜皮的小錯誤毛起來發飆。你已經感覺老媽拿著雞毛撣子逼近了，來勢洶洶；在這緊要關口，奶奶出來勸。抓狂的媳婦當然只有婆婆出馬護孫才能棍下留人，好一齣老祖宗護賈寶玉，這戲全被剛回家的公公看在眼裡。兩個女人的戰爭，男人最好閃邊站，所以公公當然啥都做不了，只能眼睛睜得大大的，看著。用眼角餘光向隨後回來的小兒子求救。顯然叔叔很疼愛姪兒，正好買了禮物回來，順手把眼前僵局解決。奶奶指尖的小紙人們都活起來。

你忘記潮濕的霉味。

感覺二伯下班會帶回一雙紅鞋給你。而你是那個，懷裡拽著草帽想出門的小孫女。但其實台灣若有這樣程度的雨，大家都早已撐起傘。

在N城長大的記憶很潮濕。梅雨之後是颱風，夏季午後傾瀉的暴雨如常，秋冬迎來東北季風夾帶綿綿陰鬱。N城和T城雙雙成為浮在水面的連體嬰，境遇卻大不相同。做為T城的外圍與替代，像囊袋一樣，容納被核心巨獸嘔吐的人們。學校裡的人群也依照同心圓的分類劃分出T城與N城的臣民。於是我理所當然成為某個公主的小女僕。女僕與跑腿小伙子背後是N城長長的黑影。不過一條橋的距離，在河左岸，在河右岸，遽然兩個世界。小學生都知道，城的氣味和人的氣息交雜混生。我的大學時期，擺盪於兩城之間。恍然之間也模糊被指認為半個尷尬的T城人，但分明升格後的N城也不會變成T城。我城，是那個烘爐地還是黃泥地和大水溝的狀態。第一條南勢角捷運線、新店線和淡水線還沒有觸角分支，仍是筆直的單純樣貌。

車廂行走的空間給你一種新速度。

突然之間，你不再需要在大熱天騎在爸爸滾燙的機車墊上，逆著熱風，穿越環環弧狀相連的紅色拱門，就可以在冷氣房裡平移到T城。無痛晉升為天龍人。雖然你還是會在學生餐廳秤重之前，偷偷減少菜量，偷偷數著這個星期還有幾天要過。但是你的確愈來愈習慣T城的節奏，從裡到外，漸漸置換成典型的模板。可是其實你曉得，這個生活圈不過是因為你得維生所必須的建構。而你兒時身邊的真T城人早已到更繁華的國際都會，過上另一等級的人生。像等差序列，公主與女僕的位階在原生家庭早已注定，你以為可能會隨年齡學歷消弭或縮小的等差，則像複利滾向一個無可能望其項背的小黑點。

那是現實。

很久以後，你下班後極度疲憊搭上末班列車返家，搖晃之中，突然領悟到有許多人同時在一節車廂，或一間教室，不過湊巧時機相逢。終究我們是彼此人生不結伴的旅行者，有各自的目的地要抵達。唯有這一小段路程，命運共同籠罩我們，到站之後，人們肩挑各自的行囊，奔赴自己的人生。因為起程站的差異，你也不覺得就人類的本質而言，誰特別好或特別差，境遇是魔障也是福利。

你只是竭盡所能讓生活長成最舒適的樣子，不偏離善良。

下雨的時候還能想起小時候熟記的童謠，沒有離得太過遙遠。

落水仔，拿帽戴，阿媽打，阿婆乗，
阿公返黎眼界界，阿叔返黎買紅鞋。

舒芙蕾

「你吃過舒芙蕾嗎？」好友N某天突然問我。

那時的我們，剛脫下窮學生的外殼，剛變成跌跌撞撞的社會新生兒。好不容易靠東藏西攢，妝點成稍有門面的小資女，存了點可當吃貨的奢侈小錢，相約到信義區朝聖那在少女圈紅極一時，號稱亞洲最大的「夢幻甜點王國」。

老實說，它就是一整層有主題故事和空間設計的美食商店街，它給你一種體感經驗，讓懷抱少女情懷的甜點饕客投入忘卻現實的夢幻場景。像一個簡樸又廉價的小型迪士尼，少女的遊樂園。拱廊街似半透光歐式櫥窗設計環繞，虛擬城鎮廣場。你穿越水幕投影的洞穴，感覺自己彷彿隨著兔子先生手上逆轉的時鐘，掉到與世隔絕的真空夢境裡。逆走時間。實際上，你也打算拋卻嚴肅思維，仰賴直覺，以一個放空的腦袋，傻呼呼跟著朋友走進那光影劃界，明暗對分的異次元空間。

小跳步走在西洋棋的白黑格瓷磚上，一股濃醇蛋香從店裡飄來。紅黑裝潢的歐式店鋪，半圓弧天頂垂吊著La Mère Poulard法文字樣。在那裡，我第一次認識了舒芙蕾這道甜點。傳統法式舒芙蕾是一個半月型蓬鬆的烘蛋，像枕頭，內裡不斷隨空氣流瀉出濃醇香氣，搭配肉桂蜂蜜相間熟成的蘋果。一群老少女的少女心都要炸裂。少女有期，少女心不滅，這是東區甜點店林立不敗的祕密。世世代代前仆後繼的「少女」們慾望甜點。耽美口舌之間的短暫甜膩，去懺情、彌補或療癒。

甜蜜的午茶時光是少女們心照不宣的青春儀式。

時間如何銘刻它的存在？看看舒芙蕾就知道了。

熱騰騰上桌的舒芙蕾，近十公分高的巨碩形體，數秒之間快速消沉。

像煙花，也像少女短暫的青春。

你難以想像，歷經多道細膩工法，嘗試讓空氣順利融合於膨發的奶蛋糊孔穴間，由熱氣歡騰吹捧起的這座蓬鬆點心塔。滿滿一匙入口，即化，卻吃到虛無。

樣貌再豐腴，都無法掩飾它空虛的本質。

蛋沫與甜膩雜揉入空氣感裡的香氣層次變化可能很接近香檳開瓶，旋即滑入高腳杯的絢麗。隨著重力撞向杯底的酒精被翻起，像浪花，瞬間碎成數以百計細小的氣泡急速上升，最後在水平面，消散。舒芙蕾以香草漫溢的香甜空氣感遠勝慕斯的輕盈，膨脹飽滿的姿態彷彿現實灰暗人生的唯一照明，那一瞬你所感受到的香氣、溫暖與柔軟的味覺都證明著你，倏忽即逝的「在場」。

不知為何，我竟突然想起班雅明說的靈光。

甜點是否在某些時刻真能號召什麼降靈？

世上也許就有像我這百般無聊的女子，為著尋找舒芙蕾的身世之謎，去翻閱字典。法文「souffler」原來有吹氣的意思，再往下幾行出現「avoir du souffle」它的延伸意義是「靈感」。這難道不是巧合？

我開始思考法國甜點師嘗試發明舒芙蕾的時刻。在燈光華美、觥籌交錯的宴會廳之外的偏殿小廚房裡，一個埋頭苦幹的身影。他是不是曾經試過上百種組合和實驗，透過與麵粉、糖、奶油、香草、蛋和千百種食材交涉之後，最後決定回到最簡單的蛋與糖。然後額頭冒著汗，不斷與爐火的溫度協調，計算時間和膨脹的空間，一次次逼近發現每個最完美的瞬間，最後終於讓他抓到了這個靈感降臨的瞬間，而這承載完美的載體，就是能把人們對於食物所有短暫感官細緻的歡愉融於一體的舒芙蕾。

最輕柔無傷的一切，來自艱辛。

結晶之所以剔透，是有人替你承擔了打磨的時間與重量。

有趣的是，我常去的一間小咖啡店「靈感」，主打的點心卻是平日不怎麼起眼的司康；口感堅硬乾燥，讓人望之卻步。但身為清貧讀書人，這種一份幾十元的經濟小點心反而擔當了日常的靈感與能量提供者。英式的scone，有一說是一種速成麵包（Quick Bread）；比起法國龜毛繁複又熱愛華麗虛榮的飲食文化，這樣樸素的小點心大概不被看在眼裡。但張愛玲在香港中環的大學時期每每都帶上半打司康，據她說scone源出中期英語schoonbrot，卻是精緻的麵包。司康若做得好，上桌時你會聞到那股樸素的麥香，改良過的司康也許外酥內軟，得趁熱，讓熱氣把奶油和果醬交融蒸騰，佐一杯茶香醇厚的鍋煮英式奶茶，度一刻午茶時光。

你不免懷疑，速成與精緻有可能集於一身而不相違背嗎？

也許夠熟稔就有機會，我們總是從經驗裡學會更快接近想像中的完美。

人生中每次新的體驗，都在消解過去。

在消解與建構的過程裡，每次嘗試和每次思維都重新為自己的形體描摹。在遺忘與記憶中間，感官主導了內部極端細微的關鍵；食慾與味覺做為人類最原始的本能，早已在主體無意識的意念裡暗暗安排了它擾動記憶的秩序。我想，普魯斯特的瑪德蓮或許就是這樣的存在。

那從舌尖喚醒，一瞬而逝的光影，卻是永恆的似水流年。

咖啡圖書館

我是一個沒有咖啡無法存活的重度患者。

透明櫥窗，原木吧檯，以及堆疊的麻布袋和暗色烘豆機，搭以一些手作皮革、羊毛氈與乾燥花草小點綴，幾乎是現在台灣巷弄隨處可見的私人獨立小咖啡店給人的定番印象。在我開始慢慢穩定累積文字工作之後，常去幾間無限時的咖啡店坐一下午撰稿，豆子烘烤的香氣和咖啡機運轉的聲音，令我安神。與店家的默契，也無需特別招呼或點餐，窩在同一個角落，萬年蜂蜜拿鐵的客人，只需眼神交會確認一聲老樣子，就進入工作狀態的就緒。

更早之前，碩班剛畢業，沒有什麼經濟條件而台灣還只是充滿超商咖啡和美式咖啡連鎖店的時候；我意外面試上一間雜誌社，朝九晚七加周末支援文學活動的緊湊生活節奏，每天一杯超商集點咖啡，就已經是紓解癮頭的最大奢侈。幾年之後，我離職回校園進修，也還是以各區圖書館為基地。我循著這片文字工作網絡的織線找尋線頭，偶爾回想自己究竟是從何時開始習慣於以咖啡館為居的生活。興許是開始接採訪工作的那些日子養成的習慣。通常是這樣的，採訪的邀稿通告會選定一間相對靜僻的咖啡店進行。累積超過十位訪談者之後，我才發現短短幾年間，台灣的獨立咖啡店早像雨後小草紛紛偷偷探出頭來。咖啡館，不只是溫州街生態系一景，根本遍地開花。不曉得和小確幸的生活追求風氣是否相關，政府鼓勵青年創業，一時之間，彷彿大家都擁有一間小書店或咖啡店。

對文字工作者來說，這些有店主個性的咖啡屋自然是友善好窩的行動辦公室。不知不覺，在課餘時間，我成為流浪於幾間城市咖啡店的吉普賽人。看似浪漫的生活狀態實質沒多少稿費；來自文章的錢，一順手又灑回書店和咖啡店，像浪蕩子一樣擁有微小浮華可虛擲的虛榮。但也許這是我所能想到最好的彈性生活姿態。接採訪，與其說是工作，更像一種遊戲；在預備訪綱的時期，你通讀全書預先想像這個素未謀面的人，然後見面，從彼此拋接的話語中逐一確認那些書裡埋藏的蛛絲馬跡。一場歡愉的聊天到尾聲，內心的稿子也逐漸完形。我享受這一切。

不過我沒有忘記最初那個膽小謹慎的時刻。第一場採訪是在武昌街那間低調奢華的上海復古文青咖啡店，坐在酒紅老式沙發墊上，我盯著大理石桌面，反覆想著，我會不會都在問一些蠢問題？萬一他不想回答怎麼辦？我怎麼臨時拋出新的有意義的話題？所有自我懷疑都在等待受訪者的時刻，如海浪般襲來，我感覺快要焦慮到死在沙發上，但實際上對話開始之後，我便忘記了這些害怕。資深前輩的故事很吸引人，從報社到出版社，橫跨二十年的編輯台生涯正逢台灣出版的黃金時代，大開大合的書系從他手中展開。我才驚覺如今在研究室裡堆疊起那一落落學術用書，最初發軔於此。書與書和編輯台的人們原來總會在各方相遇。

隨全球冰川崩陷不止的書市有可能復甦嗎？可是我們為什麼還在這裡，還願在這，棲身在一間間城市咖啡店交換彼此的文字與故事？那些發生在戲台前後，舞台上下與圍繞編輯台，或家庭內外的故事，仍然有人願意去記憶、書寫，並閱讀。或許是因為閱讀，是從現實劈開一個平行時空，得以讓你的夢想展開。

你從讀字的時刻抽離觀看別人切實的人生，好像他幫你過了另一種人生，好像你也從中擁有過另一種人生。當某種魔幻時刻開啟，每本書都將會變成一個咖啡館，每種聲音都成為一座意志的島。

你有絕對的自由去選擇，去蝸居在最好的他方。

是日

黑紗在油彩徘徊堆疊生成，一張面容在光陰顯影。這位眼神流露堅毅與神祕的女子貝絲·莫莉索是馬內的弟媳，也是印象派藝術好手。為了不損及畫作，畫廊燈光微弱，女人胸前佩戴的紫羅蘭顯得黯淡；像一株植在十九世紀法國藝壇失根的乾燥花。被學院派唾棄的印象派女畫家，邊緣之外，還有邊緣。

是日出生的人心思敏銳，或者說，易於心神耗弱。彼時坐在美術教室苦思臨摹的我，在光影暈染的視框裡，揣想這個與我生在同日的摩羯座女子，面對一群男藝術家，該是如何不服輸，以一枝畫筆把自己畫進巴黎沙龍。入選的，終究還是她無關痛癢的風景畫，如浮雲。雖然莫莉索好像是威嚴藝術世家的名銜，她彷彿游離在外。

我感覺貝絲在女性肖像薄紗裡隱藏那女書似的私語應包裹更多祕密。鑽研筆觸脈絡到深處，我感覺整個畫面開始浮動起來。畫裡那個身著白紗禮服半裸背的女人，對鏡單手挽起頭髮，鏡中映照一旁架上的玫瑰或粉撲，但沒有人。＊看不到面容就猜不到情緒，這使我困擾。這幅仿畫注定要失敗，我拿著畫筆沮喪至極，到底是怎麼樣的呢？貝絲眼中的世界。女人背後維多利亞時代的雅緻花牆在光影視線不斷錯位中，變成灰糊糊一片。鏡面與玻璃器皿也罩上一層水霧，會不會看不到自己，就是印象派最後的極致？如果藝術家是透過畫筆去尋找一種觀看的主體位置，貝絲怎麼思考「我」的存在？「我」如何誕生？如果不是「莫莉索」這個姓氏，我還是我嗎？我來回踱步，思索枯腸，圓潤的手臂與白紗都化成一道道油彩，化為一塊塊粗糙方格。

沒有誰能把「我」看得更清楚。

大火中的金閣寺像一幅印象畫。

金閣美極，寺身閃耀在火光裡，美存在於即將滅盡的剎那。

原來印象派要抓的，就是這一刻。

是日出生的人，心思敏感，或者說，容易心神耗弱。即使是一摩羯座男子。是「我」召喚了時代，還是時代召喚了「我」？三島由紀夫從來沒能弄清楚這點，就像印象派在夢與現實幻想的邊界意圖去捕捉的那些什麼，文字湧動的慾望。神祕的美感經驗深邃噬人，如黑洞。於冬天出生的藝術家注定要擁抱這片幽暗大地，競逐在生命綻放到最熱烈的時刻，滿開，然後急速凋零，化為夜空殘櫻紛飛。彼時蒼白的少年，最終選擇以華麗的獻祭去證成「我」存在。

我從山中湖的文學館走入炎夏日光。看陽光灑落在阿波羅塑像，想著一個原生陰暗的人如何渴望成為太陽神，成為明亮的光點；想著昏黃展示燈照拂著字跡工整的手稿，如何在我散光疊加的視線裡燃成灰燼。但它卻已永恆保存在那裡。

是日出生的人，也有平庸如我，生於冬日又怕冷得要死的摩羯座女子。比起油彩可能更善於彩色鉛筆畫或戳戳羊毛氈的我，大概輕質如羊毛，風吹易散。踩在印象派畫風的土地上，困窘於捕捉不了國界的模樣。膽小的我和三島由紀夫唯一有交集的，只是愛貓。不知道貝絲愛不愛貓，這種生物本身就很印象派，頗與摩羯女子互通聲氣。深居簡出，晝眠夜甦。我忍不住想，「我」的樣貌是否也會從電腦方格透顯出來？會不會在拿畫筆的時候，有某一刻「我」其實是貝絲．莫莉索？會不會深夜對稿沉吟的時刻，有部分「我」也是三島由紀夫？現實中什麼都不是的我，會在什麼狀態如實存在？想著這些東西的時候，思維彷彿已化作絲線，一道道幫「我」完形。

我終於理解了「我」原該是動態持續完成的型態。是什麼或不是什麼，很多時候並不是我能掌握的。一如我的出生。沒人曉得母親在急診室挨過主治醫生一頓午餐的子宮收縮之痛後，仍然必須剖腹取出的我，到底是不是個令她生產受苦而懷恨在心的逆女。降生土象固定宮的魔女，太易過敏的心靈體質，蕁麻疹般圍繞整個家族，慢性或急性，時而讓家人困擾；但其實只是摩羯女子小劇場尋常上演。

歷史上的今天，沒這麼好，也沒這麼壞。有一些人誕生，命運也正帶走一些人。塔羅牌在不斷翻洗的過程中透露大宇宙的祕密，權柄還是操之在你。雖然降生是日，是種不得不然的聽命，然而成為「我」的路徑，尚待賦形。

*貝絲・莫莉索、三島由紀夫皆生於一月十四日。

*畫作名稱：〈梳妝的女人〉（Woman at Her Toilette）

貓蕨漫生掌紋

看世界的方法 169

作者　李筱涵

封面設計　朱疋
折口攝影　林煜幃
內頁插畫　蒲晴
內頁設計　吳佳璘
責任編輯　魏于婷

董事長　林明燕
副董事長　林良珀
藝術總監　黃寶萍
執行顧問　謝恩仁

社長　許悔之
總編輯　林煜幃
副總經理　李曙辛
主編　施彥如
美術編輯　吳佳璘
企劃編輯　魏于婷

策略顧問　黃惠美・郭旭原・郭思敏・郭孟君
顧問　施昇輝・林子敬・謝恩仁・林志隆
法律顧問　國際通商法律事務所／邵瓊慧律師

出版　有鹿文化事業有限公司
地址　台北市大安區信義路三段106號10樓之4
電話　02-2700-8388
傳真　02-2700-8178
網址　www.uniqueroute.com、www.facebook.com/uniqueroute.culture
電子信箱　service@uniqueroute.com

製版印刷　鴻霖印刷傳媒股份有限公司

總經銷　紅螞蟻圖書有限公司
地址　台北市內湖區舊宗路二段121巷19號
電話　02-2795-3656
傳真　02-2795-4100
網址　www.e-redant.com

ISBN：978-986-98871-0-6
初版一刷：2020年5月

定價：360元

國家圖書館出版品預行編目(CIP)資料

貓蕨漫生掌紋

李筱涵著 文字——初版. —— 臺北市：有鹿文化，2020.05

面；公分. 一(看世界的方法；169)

ISBN：978-986-98871-0-6(平裝)

863.55 109003641